ORFE
EDICIONES

Danzas Lúgubres
Relatos de lo macabro

Vlad Fausto A.

ORFE EDICIONES

Primera Edición octubre 31 2022

Colección: Danzas Lúgubres, Relatos de lo macabro
y lo fantástico

Edición general: Isabel Pasrod
Arte de portada: *@Lagaleriade_ fausto*

Este libro no podrá ser reproducido, ni total ni parcialmente, sin el consentimiento escrito del autor o el editor.
Todos los derechos reservados

ORFE EDICIONES 2022

Para el autor de "Cuentos de lo grotesco y lo arabesco"(1839), por ser una eterna influencia e inspiración.

Índice

Prólogo   pág. 9

Relatos

I. El Pasillo   pág. 17
II. Noche Sin Luna   pág. 27
III. Casa Retomada   pág. 33
IV. Abrigo de Segunda Mano   pág. 37
V. Amye & Valerie   pág. 41
VI. El Perseguidor   pág. 45
VII. La Momia   pág. 49
VIII. Nocturnas   pág. 50
IX. La Sombra en El Cuadro   pág. 59
X. Silencio   pág. 65
XI. La Micro   pág. 71
XII. Sonriente   pág. 77

Agradecimientos   pág. 91

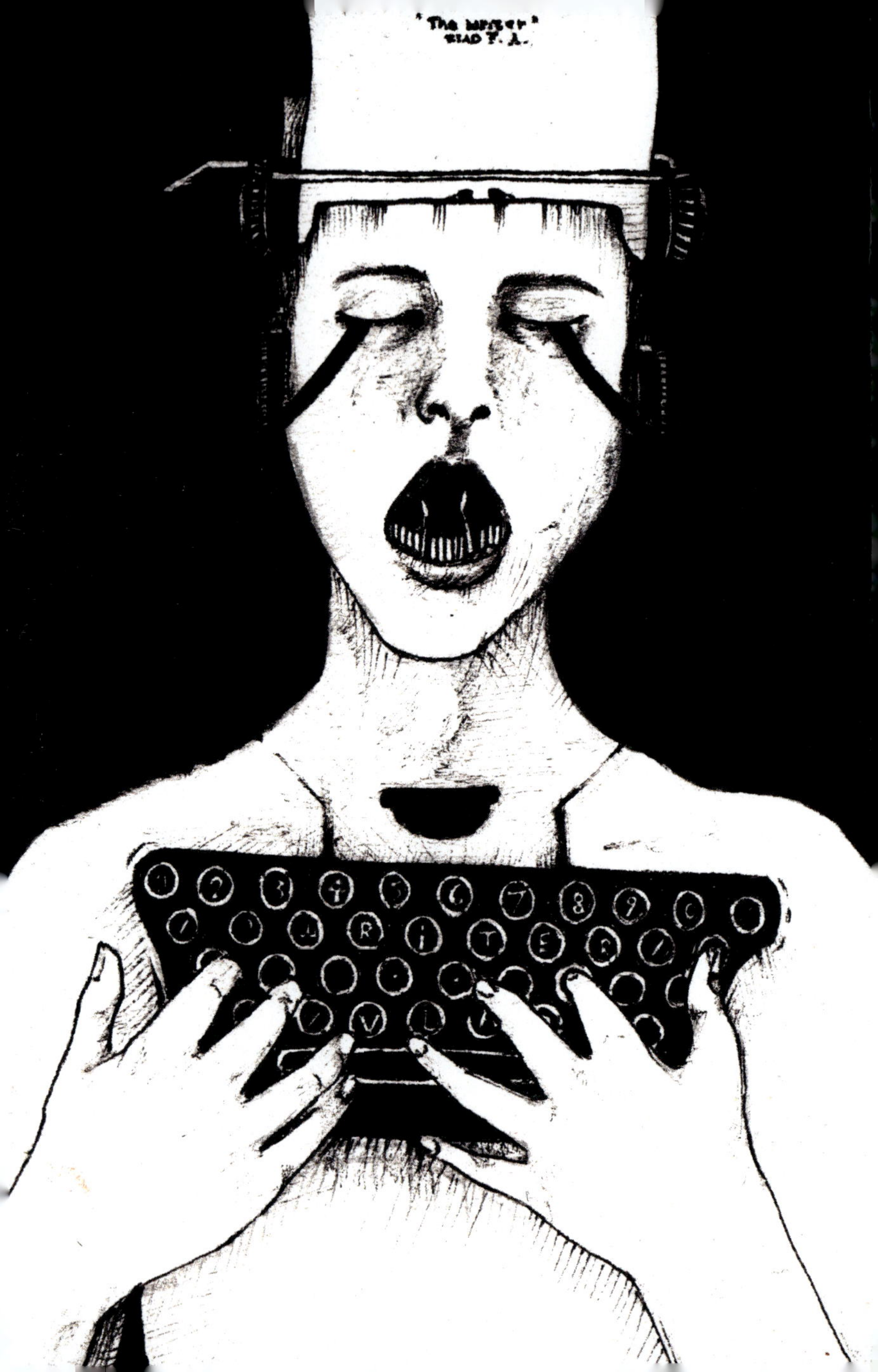

Prólogo

La presente antología reúne el trabajo de varios años recolectando ideas y conceptos que de alguna manera me han parecido óptimos para ser explorados desde el campo del terror. Algunas ideas, como será visto al inicio, nacen incluso de frases célebres de otros artistas que se dedicaron a hacer del miedo y el suspenso parte de la mayoría de sus obras, personas que sin duda han inspirado involuntariamente a sus predecesores y admiradores, siendo yo uno más de ellos en esta instancia. De allí que la dedicatoria vaya dirigida a uno de los autores con quien llevo largos años compartiendo y quien ha sido el causante de que me decantase por la escritura y la lectura constante. El relato "Noche sin luna", será más que claro, una suerte de oda a su persona y a unos de los elementos más presentes dentro de su narrativa: los espectros y los cuervos.

Sin mayores preámbulos, y dejándoles una pequeña introducción a cada obra, además de un par de datos asociados, os invito a conocer estas historias, y a tener dulces pesadillas.

Atte.
Vlad F. A.

El Pasillo

Nunca he sido alguien que se vea muy relacionado al mundo de los videojuegos, pero los asuntos asociados al terror siempre han sido de mi interés, por lo que no me resultan del todo ajenas sus historias o conceptos. Hace un tiempo, veía la existencia de uno llamado: P.T. o algo similar, en el cual el jugador recorría una y otra vez el mismo pasillo en L, y en cada vuelta aparecía una criatura o suceso diferente que iba aumentando la tensión. La idea me pareció maravillosa, pero el juego nunca llegó a ser publicado del todo, tras el tiempo, y sumando la frase de Hitchcock de que: "No hay nada más aterrador que una puerta cerrada", me puse el reto de poder transmitir aquella desesperación y locura por medio de las palabras, ya que, claustrofóbicos o no, estar en un bucle no es algo que cualquiera pueda soportar.

Noche Sin Luna

Se trata de uno de los primeros relatos que escribí en mi vida, el cual además ganó un pequeño concurso local de relato breve y fue editado para un par de tiradas, el mismo ha evolucionado bastante desde su creación, y siempre se hizo notoria la influencia de Edgar Allan Poe, por lo que esta vez deseo entregarles una versión que lo deja mucho más en claro, y jugar al poeta por unos instantes.

Casa Retomada

Es sin duda, junto con "Las Manos que crecen", "Continuidad en los parques", y "La noche boca arriba", por mencionar algunos; uno de mis cuentos preferidos de Julio Cortázar. Esta antología nunca pretendió funcionar como alusión a mis autores preferidos, pero encontrándose algo dedicado a Poe no podía evitar añadir algo para Cortázar. Casa Retomada puede considerarse como un retelling, respetando los parámetros establecidos por el autor, ya que hace tiempo buscaba explorar la idea de algo desconocido que se adueña de lo propio, y si bien en esta versión vemos desde un inicio a los sujetos, no deseaba romper el juego de Cortázar, así que, tampoco habrá una explicación concreta de los hechos.

Amye & Valerie

El vampirismo ha sido uno de los intereses más destacados dentro de mi persona, siendo un tema que he buscado explorar en varios relatos y obras. Amye & Valerie, se trata de la primera vez que lo escribo desde la perspectiva del que convive con el vampiro y no del vampiro mismo, dando inicio y cimientos a lo que espero en algún momento se transforme en una novela corta homónima.

El Perseguidor

Todos hemos sentido que somos perseguidos, ya sea por la calle, por pasillos, o porque nos pareció ver una sombra de reojo, pero hay límites para todo. De manera concreta, este relato nace de una semana en la cual más de una vez, sentía a alguien empujándome por la espalda para avanzar. Cada vez que volteaba, no había nadie, por lo que fue inevitable no querer plasmar lo vivido.

La Momia

Tras la lectura de "El horror sobrenatural en la literatura" de H. P. Lovecraft, la edición presentaba un aparatado llamado "El libro de las ideas", en el cual exponía diferentes apuntes sueltos de ideas que Lovecraft había dejado entre sus diarios. Algunos de los mismos se transformaron en relatos icónicos del autor, mientras que otros solo quedaron como ideas sueltas para ser utilizadas por otros escritores. El microcuento que les entrego, porque es muy corto a mi parecer para ser llamado cuento, nace de uno de estos apuntes.

La Sombra en El Cuadro

Al igual que con Amye & Valerie, La sombra en el cuadro pretende actuar como una primera incursión en un concepto que deseo explorar con mucha más profundidad en el futuro: Una serie de asesinatos en donde el único factor común es el pintor que ha retratado a todas las víctimas.

No puedo decir que la idea tenga un origen concreto, pero obras tales como "El Modelo de Pickman", "El Retrato Oval", "El Retrato de Dorian Gray" o el afamado caso del pintor que usaba sangre para sus obras, son posibles puntos de referencia.

Silencio

Sin duda la pandemia ha significado un gran cambio para todos nosotros, y muchos elementos pasarán a ser ideales para historias de terror. La incertidumbre, la incomodidad de la existencia del otro, la falta de empatía causada por la lejanía, conceptos que pueden desembocar situaciones tan complejas, que bien pueden aterrar al más valiente, porque las pandemias no son algo que se pueda controlar, y el hombre a lo que más le teme es a aquello a lo que no puede controlar.

La Micro

Este relato nace de dos ideas que podrían verse como separadas, pero que las une el mismo concepto: la muerte. Morir en un accidente es la primera, y el pensar que las almas deben de trasladarse de alguna manera a su final es el otro. Dentro de La Micro, no hay cierre, porque solo los que dejan esta vida son conscientes de lo que ocurre después.

Sonriente

Hace ya bastante tiempo, compré una edición de Rayuela de segunda mano. El libro se encuentra lleno de anotaciones con grafito y una reflexión final en la última página. Leer de esta forma, acompañado, por decirlo así, de una segunda persona invisible fue lo que dio paso a este relato.

Abrigo de segunda mano

No es un secreto que soy aficionado a la ropa de segunda mano, además de los abrigos clásicos, mientras más victoriana la apariencia del mismo mejor. Por lo que, más de una vez, me dejé llevar por la idea de cómo sería la persona que lo hubiese usado antes que yo. Poco más puedo comentar sobre este relato.

Nocturnas

Soy la clase de persona que salva polillas, arañas, y toda clase de insectos antes de ser aplastadas cuando entran a casa. No me aterra ser mordido o picado por ellos, pero sé que muchos sí, por lo que fue inevitable no pensar en explorar esa idea. Pido perdón de antemano a todas aquellas personas que conozco que detestan las polillas.

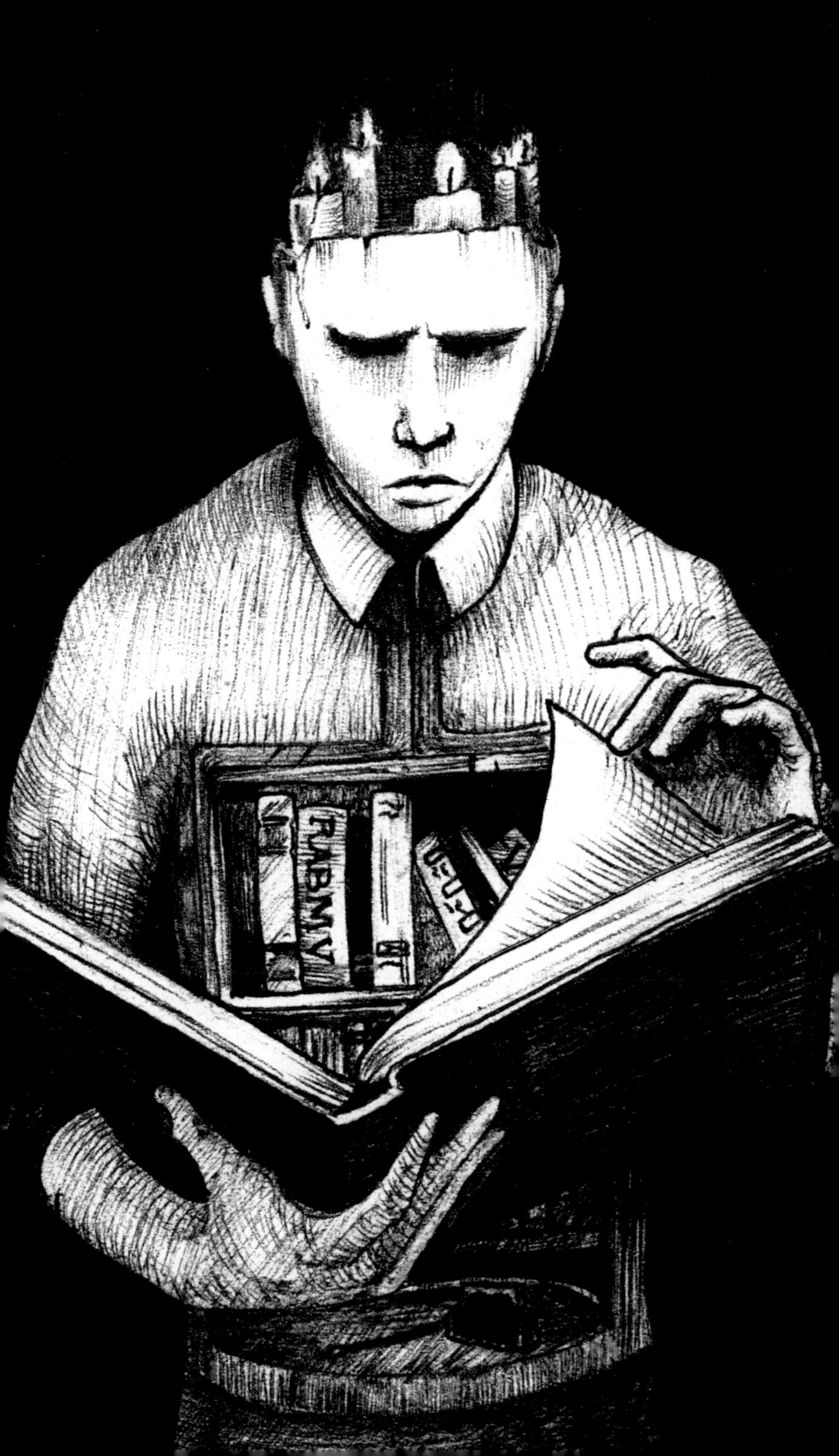

EL PASILLO

*"No hay nada más aterrador
que una puerta cerrada".*
Alfred Hitchcock

I

Despertó apoyado en la esquina de un muro verde musgo, aturdido, mareado, su rededor difuso. Sobre su cabeza, colgaba una única línea de luz amarillenta; era notorio que no se trataba de su color original, ya que, en el interior del alargado foco, reposaban los cadáveres de insectos alados que teñían el plástico. Cuando logró enfocar mejor, aún no era consciente de dónde estaba. La jaqueca llegó con su intento de ponerse de pie; le nubló la mente, le cortó el aliento. Sintió que desfallecía y cayó por el dolor, se tambaleó sobre su hombro sin saber cómo recuperar la calma, hasta quedar recostado en el suelo. Al tratar de respirar hondo, volvió a perder el conocimiento.

II

Cuando despertó la jaqueca seguía allí, leve en comparativa, pero presente. Inhalando el frío del ambiente en una bocanada desesperada y recuperando algo de fuerza en sus músculos, se reincorporó deslizando su espalda sobre el muro, apoyando su pie derecho bajo su cuerpo y extendiendo el izquierdo al sostenerse con ambos brazos a la pared. El dolor era incesante y la cabeza le daba vueltas con cada una de sus reacciones, causando que estas fueran más lentas. Enfocó a la fuerza tras frotarse los ojos y pestañear con exageración. La habitación en cuestión no tenía más de dos metros cuadrados. Tres paredes, contando aquella en la cual estaba apoyado, eran superficies perfectas, sin ventanas ni rendijas por donde entrase el aire. Solo la pared frente a él mostraba alguna salida, o alguna manera en que lo hubiesen metido allí dentro. Se presentaba ante él una única puerta beige con un picaporte redondo de cobre, desgastado, como si la pintura hubiese sido removida del metal, quizás por el frote continuo de unas manos desesperadas que trataban de abrir la puerta para salir de esas cuatro paredes. El objeto era sostenido por tres tornillos alrededor del cuello que le separaba de la madera, y la cerradura en su centro demostraba que se trataba del lado exterior, ya que, no había pestillo alguno para girar, ni ningún tipo de pasador fijado a la pared para bloquear la puerta.

Respiró con dificultad y dio el primer paso tambaleándose. Extendió su mano y se agarró del picaporte, con el miedo en la garganta y el pulso sobre las sienes. Las puertas no siempre significaban una escapatoria; cuando las puertas se cierran solo puedes esperar una ventana. La diferencia es que aquí no había ninguna otra pared con un agujero en ella, solo era ese pequeño cuarto cuadrado y una puerta, una puerta que podía dar a nada más que a la pared detrás de ella, completando así el cuadrado del cual no se podía salir. Sin embargo, era estúpido pensar que se trataba de un cuarto cerrado. De ser el caso, ni siquiera habría podido entrar para empezar. Apretó más el puño y giró el picaporte en un movimiento lento, apoyando todo su peso sobre el objeto, sintiendo en su mano y escuchando el golpecillo del cerrojo al descorrerse del muro. ¡Sí se abría! Respiró hondo, tratando de mantener su estabilidad antes de continuar avanzando.

No soltó el picaporte en ningún momento, deslizó la puerta extendiendo el brazo, mientras que con la otra mano se aferraba al marco. Comprobó, por la dirección de la puerta, que estaba fuera y no dentro. Algo no tenía sentido. El metal rechinó y se asustó, por alguna razón había obviado la posibilidad de que alguien estuviera del otro lado; prevenir el sonido debía de ser instintivo si quería escapar, solo que él no huía de nada. Todavía.

Alguien le había metido allí dentro, y no era imposible que ese alguien le esperase tras la puerta. La idea le hizo dudar de seguir avanzando, aunque la puerta ya estaba abierta. Dio dos pasos, largos y lentos, hasta estar del otro lado, se volteó en sentido contrario, le dio un último vistazo al interior de la habitación en la que había estado y, entonces, cerró. Un estrecho pasillo se extendía frente a él, de color verde, el mismo verde musgo que el de la habitación contigua. El suelo era de madera, sus zapatos lo hacían crujir al caminar y el eco se propagaba. No había ventanas, ni nada por donde entrase luz, por lo que una seguidilla de lámparas led de techo se dibujaban en una hilera continua de al menos cinco de ellas, igual de amarillas que la de la habitación, cubiertas por la muerte de insectos.

La distancia entre el muro a su derecha y el de la izquierda era incluso menor al de la habitación, al menos medio metro menor. Era un hombre corpulento, por lo que si alguien quisiera pasar junto a él en aquel pasillo tendría que, tanto él como el individuo, avanzar de lado para no chocar. De hecho, si extendía los brazos, sus manos tocaban ambas paredes antes de siquiera sobrepasar la altura de su cintura. La sensación de encierro fue mayor a la experimentada en la habitación. Al final del pasillo, había otra puerta. No lo pensó dos veces y avanzó, ahora con determinación. La jaqueca iba desapareciendo y llegó al otro lado antes de siquiera notarlo. No le prestó atención al pasillo, no le importaba, la puerta existía y su salida del otro lado. Descubriría qué hacía ahí y, más importante aún, quién le había metido. Mientras sostenía el picaporte, se imaginaba desquitándose con el responsable, sus puños mentales describiendo golpes en el aire que impactaban sobre una superficie dura y carnosa; lo destrozaría. Las explicaciones eran innecesarias, al menos dentro de esa fantasía. La idea le cegó y abrió la puerta de un tirón con la otra mano en el aire previniendo algún tipo de ataque. Mas, tras la nueva puerta, se extendía un nuevo pasillo verde con una hilera de lámparas igual de amarillentas que las anteriores.

El verde musgo seguía oscureciendo el ambiente, dejándolo más lúgubre y pequeño en apariencia de lo que debía a juzgar por la cantidad de luz, la cual ahora se sentía insuficiente. Se le cortó el aire por un segundo. Avanzó mirando anonadado el sitio y cerró la puerta tras de él sin voltear. Se sentía extrañado, le llamaba la atención que un pasillo siguiera a otro sin tener un intermedio u otra puerta que diera a un lugar diferente. De hecho, este pasillo era igual de estrecho y cerrado, sin ventanas ni nada más que paredes y una puerta al final.

Caminó con cautela esta vez, un paso tras otro, sin correr ni abarcar más distancia de la necesaria. La puerta se levantaba imponente tras dieciocho pasos; esa era la distancia entre puerta y puerta, no había ningún tipo de curva. Había caminado en línea recta, asegurándose entre recuerdos vagos que el pasillo anterior también era recto. De nuevo la extrañeza de haber caminado por un pasillo para llegar a otro le hizo cuestionar la razón de tal construcción, y se imaginó por un momento que la idea era hacerle creer que estaba encerrado, cuando en realidad tras la siguiente puerta sí habría una salida. Miró el pequeño muro beige con el picaporte en la orilla derecha, lo tomó y giró escuchando el cerrojo abrirse y separarse del metal fijado al marco. Sostuvo la mirada justo por donde el mismo marco se separa de la puerta y le vio abrirse sobre su cabeza. El picaporte aún estaba debajo de su palma, apretó la mandíbula y no pestañeó hasta que los ojos le lloraron. Tras la puerta, se extendía un nuevo pasillo idéntico al anterior.

Se sobresaltó y giró la cabeza, fue allí cuando la situación cobró más sentido. Detrás de él, detrás de la puerta por la que acababa de entrar, se encontraba una habitación de dos por dos con muros verde musgo y una única lámpara amarillenta. Movió la puerta de un lado a otro, provocando una leve brisa, tratando de comprender lo que sucedía.

Él ya había salido de esa habitación, y había caminado en línea recta por dos pasillos idénticos, ¿o no? La primera vez abrió la puerta y se volteó para cerrarla antes de avanzar. ¿Qué pasaría si en realidad no había dado la vuelta después y había caminado en sentido contrario, volviendo sobre sus pasos apresurados y recorriendo el mismo pasillo dos veces? No, eso era imposible y carecía de sentido físico. Él había caminado a través de la puerta y la había cerrado. Acto seguido, caminó hasta la otra puerta que estaba al otro extremo del pasillo, la cruzó y entonces había vuelto a caminar. Siempre en línea recta, por un segundo pasillo. En ningún momento había vuelto a entrar en la habitación, solo a los pasillos. Meneó la cabeza en negación, quería convencerse de que no había caminado en círculos; cerró la puerta y siguió avanzando. Aunque, quizás, ese era su error. El abrir y cerrar era lo que le había confundido. Se aferró a ese pensamiento y volvió a abrir la puerta; el cuarto verde seguía allí. Dejó entonces la puerta sostenida a la pared; quería ver y comprobar que se alejaba de esa habitación. Caminó hasta el otro extremo de espaldas para no perder su punto de inicio, tanteando con las manos por detrás hasta alcanzar la nueva puerta. La abrió y atravesó el umbral sin voltearse. Sin quitarle la mirada a la habitación y la luz encendida a dieciocho pasos de él, cerró la nueva puerta, lento, dejando tras de ella el pasillo y su habitación.

Suspiró y se rio de sí mismo, le parecía ridículo pensar que en su prisa había caminado en círculos y que la habitación simplemente se había manifestado. Se refregó el rostro con su palma sudorosa y se volteó para encontrarse con que volvía a estar en un nuevo pasillo. O era el mismo. Bueno, no sabía si era el mismo, ya que no había prestado atención a los detalles para saber si era una reproducción exacta, pero sí sabía que no era el mismo por el cual acababa de caminar. La calma y la sensación de absurdo desaparecieron. Se precipitó a la puerta detrás de él y la volvió a abrir, encontrándose nuevamente con la habitación verde. La desesperación le comió el cuerpo; cerró la puerta en un golpe estridente y se dio en la cabeza contra ella quedándose inclinado, pensativo. Debía de conservar la calma.

—¿Qué está sucediendo? —se preguntó en un susurro. Dio la vuelta y miró el extenso pasillo de dieciocho metros por uno y medio; de pronto lo sintió más pequeño que el anterior. Se dejó caer al suelo, deslizando la espalda por la puerta y su respiración se intensificó junto con el dolor de cabeza que le volvía al cuerpo. Fuese quien fuera el que le metió allí, había hecho su trabajo muy bien. Nadie en su sano juicio pensaría que tal construcción era posible, sin embargo, allí estaba: encerrado en un pasillo con dos puertas, una que daba a una habitación y otra que daba a un pasillo. De hecho, si no fuese porque podía ver las dos puertas a la vez, habría llegado a pensar que se trataba de la misma puerta. Sin abandonar esa idea, se percató de la dirección de las perillas; la puerta a su espalda tenía el pestillo de su lado, mientras que la puerta de la distancia lo tenía del lado contrario, en el exterior de la misma, tal como la había visto la primera vez en la habitación. Decidido, corrió hasta la puerta y se detuvo frente al picaporte. Miró más de cerca, tratando de que su cabeza no cubriera la luz detrás de él, y pudo notar que el metal del objeto estaba desgastado por el roce y cubierto por una capa de sudor que le hacía destellar con la luz. ¿Sería acaso su sudor? Quería pensarlo imposible, una locura, no podía tratarse de la misma puerta. Tendría que encontrarse dentro de la habitación, no con el pasillo por detrás, de ser el caso. Miró a la otra puerta, pero el paisaje esperado se vio interrumpido por un muro a solo dos pasos de él. Estaba en la habitación. Contuvo el grito y se aferró a la puerta con el cuerpo, pensando incluso que el muro había avanzado, y que si lo hacía podía seguir hasta aplastarlo. Mas no era el caso, no se movía, no cambiaba. Era él quien percibía todo distorsionado.

—Has caminado en círculos —se dijo para calmarse—. Esto está hecho para caminar en círculos. Las paredes se siguen entre sí y hay tres puertas, una de inicio que sale de la habitación, la segunda está en medio del pasillo, aquella es la que te confunde una vez la cierras. Sí, este lugar no mide dieciocho metros, sino treinta y seis, la última y tercera puerta es la de salida —mascullaba y susurraba por lo bajo, contando la distancia con la mirada, examinando la puerta.

La abrió aún más, con tanta fuerza que las bisagras chirriaron al igual que el metal contra la losa, sus dientes se resintieron por un instante.

—Un momento.

El mapa en su mente le hizo pensar mejor con respecto a su situación.

—Quítala —dijo en alto.

Sí, apártala del camino, pensó. *Si no hay puerta intermedia, podrás ver la que te saca de aquí, no la que te confunde.*

Se afirmó de la tabla, tirándola desde el borde superior, para así hacer palanca contra el suelo y sacar las bisagras del marco. Con una mano sostenía el picaporte, mientras que con la otra se agarraba de la punta, saltando con tal de usar todo su peso. El sonido del metal y el golpe que causaba el tornillo enterrado en la madera siendo arrancado de esta se adueñaban de sus oídos. Le resonaban en el pecho, hasta que, tras más tirones bruscos, la puerta se desprendió por completo y cayó al suelo con un estrépito. La tomó del picaporte para apoyarla en sentido horizontal a la pared de su izquierda. Ahora, detrás de él había una puerta cerrada que daba a una habitación, y frente de sí, una puerta cerrada que daba a la salida. Su teoría había sido acertada, eran tres puertas, la de en medio le confundía y hacía caminar en círculos, solo que él era más listo que su verdugo y saldría de allí para ahorcarlo hasta hacerle confesar. Con el alma devuelta en el cuerpo, corrió hasta la puerta frontal y la abrió. Si tan solo se hubiese percatado por cuál de los dos extremos había salido antes, quizás las cosas habrían sido diferentes. Detrás de la puerta se abría otro pasillo que daba a una cuarta y nueva puerta con su propio picaporte de cobre gastado. El pecho se le apretó, esta vez no pudo reprimir un grito y vociferó una grosería de lamento y odio.

—Pero ¿qué mierda?

Llevado por la ira y el desconsuelo, corrió hacia la nueva puerta y la abrió con brusquedad. Otro pasillo. Miró tras de sí, y las dos puertas abiertas más la que estaba tirada en medio de estas se mostraban inmóviles en el extenso lugar. Todo era idéntico entre un lado y otro. Las puertas, las paredes, las luces, todo. Se dio a la carrera una vez más y, en esta ocasión, se lanzó contra la nueva puerta con todo el peso de su cuerpo, rompiendo con ello la cerradura y esparciendo las astillas del marco por el suelo. Un nuevo pasillo en su camino. Sus pies volvieron a moverse dando grandes zancadas. Tiró puerta tras puerta, golpeó con su cuerpo cada una, pateando la perilla, empujando con el hombro, girando el picaporte antes de pasar cuando el cansancio causado por los golpes ya era insoportable. Seguía siendo un mismo pasillo, cortado por decenas de puertas, pero un solo pasillo.

A pesar de estar agotado, no se dejó caer. Avanzó una vez más, apoyando su mano de nudillos ensangrentados por los golpes dados a más de una puerta, manchando de carmesí el muro verde musgo de su lado derecho. En comparativa al rojo vivo que tenía en sus manos, la mancha se volvía oscura sobre el verde, y el pasillo le dio paso a otro igual.

Cerró la puerta, solo que en esta ocasión decidió colocar el pestillo; no volvería a abrir la misma puerta si esta estaba cerrada de manera correcta, o eso quiso pensar.

Siguió avanzando hasta notar una línea en el muro, una línea oscura que destacaba del lado derecho a su cuerpo y se extendía intermitente a la misma altura a la que ahora estaba su mano. La situación cambió por completo. Ya no avanzaba, no, lo que sucedía era más complejo que eso. El pasillo, el maldito pasillo, se duplicaba una y otra vez con cada puerta abierta. La larga mancha en el muro era su propia sangre esparcida sobre este.

—Sé que es el mismo lugar —se dijo reflexivo, envuelto en la desesperada opresión del bucle.

Las luces, las puertas, las paredes separadas por un metro, todas eran las mismas que desde el principio. Avanzó hasta el picaporte, lo giró sin esperanzas, y se abrió paso al nuevo pasillo. La misma mancha volvía a estar allí; él la había dejado. De pronto, movido por la ira, comenzó a golpear los muros con los puños, adueñándose del dolor que le provocaba la dureza de los cimientos hasta que, habiendo roto la capa de pintura y el yeso que envolvía la planicie, se encontró con una hilera de ladrillos rojizos en perfecta unión. Ni siquiera una brisa pasaba por entremedio de ellos, ni la luz del exterior. No sabía la hora, ni mucho menos cuánto tiempo había pasado allí dentro. Nada se podía sacar en claro, nada más aparte de que era el mismo pasillo una y otra y otra y otra vez. Entonces, siguió avanzando.

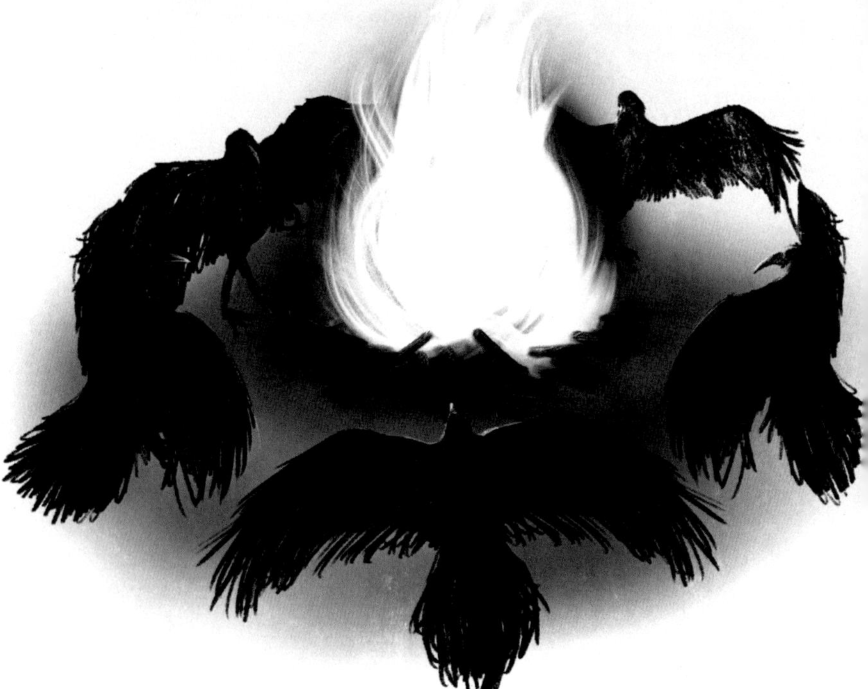

NOCHE SIN LUNA

Sumido en pensamientos ahora perdidos,
y dispuesto a dormirme,
una aparente necesidad me llamaba a caminar.
Con llave en mano y un abrigo largo,
asomé mi cabeza por la ventanilla de la puerta principal.
No había luna, y con su ausencia,
hacía acto de presencia la melancolía.
Sería una noche para uno, carente de luna, carente de sombra.
Noche para uno, noche sin luna.

El primer respiro fue el más frío,
con vaho de por medio entre las narinas,
conservando apenas el calor de mi cuello,
la brisa acariciando las mejillas hasta sentir helar las pupilas.

Cerré los ojos y avancé. Al abrirlos me frené.
Un juego de niños, confianza en uno mismo,
aunque carente de aparente sentido.
Las baldosas de la calle estaban cada vez más sueltas,
me divertía la idea de caer tras tambalearme en una de ellas,
por lo que más que evitarlas, las pisaba con fuerza.
Como aquel que siente la línea divisoria bajo la suela,
ruptura de la tradición. Fin del juego.
Un juego más que se olvida al crecer.
Un juego más que vive en el silencio del cuerpo.

Con ello en mente calmé mi paso,
hasta el punto de parecer pedirle permiso al viento para cruzar

entre sus brazos,
casi como si le hiriera mi presencia,
como si mi cuerpo lo cortase y no fuese al revés.

Las escaleras eran en particular
una de mis zonas preferidas por las cuales caminar.
Requerían más concentración,
además de resultar estar siempre un poco más alto que el paso anterior.
Divisando así las luces de la ciudad en su totalidad
al igual que desde las alturas una deidad.
Mi caminata se extendió más de lo pensado,
cubriendo tres horas entre pasos y cierto cansancio.
Fue entonces cuando el aletear de un ave interrumpió mi reflexión.
Se presentó en todo su esplendor,
descendiendo frente de mí con algo de temor.

Me observó atenta por tiempo tendido
y luego comenzó a dar pequeños saltos,
avanzando en un improvisado baile.
Por razones que desconozco, comencé a seguirle,
no soy consciente de si el movimiento puede ser hipnótico,
mas cierto era que resultaba placentero.

El ave parecía traer entre plumas un destino en particular,
ya que, cuando me decidía por dejarle y mi camino recobrar,
esta comenzaba con desesperación y rabia a graznar,
hasta que mi atención le volvía a entregar

De este modo transcurrieron treinta minutos de la noche sin luna,
tratándose del punto de quiebre la presencia de pilares de piedra unidos por una reja.
Los barrotes eran altos y gruesos, mis manos no lograban juntar los dedos al colocarlas en ellos.
—Me temo, pequeña —le dije entre risas— que no podré seguirte más, pues la noche es oscura y el metal no me dejará avanzar.
Con ello me despedí y volteé para volver a casa,
solo que una vez más, el ave graznó sin alabanzas.
—Comprende, que cruzar el umbral no puedo.
Mas, a pesar de mis explicaciones y excusas, el ave no encontraba consuelo.
Su grito en mis oídos se intensificaba,
mi paciencia con ello se acababa.
De un momento a otro, su graznido me quitó la calma y acabé golpeando el metal.
Mi sorpresa no se hizo esperar, el golpe liberó el camino.
Los gritos de mi acompañante cesaron y volvió a su baile.
Me adentré con la visión cada vez más limitada,
no había farolas ni ningún tipo de luz que me guiase,
solo el cuervo y su hipnótico baile.

Mis pasos entorpecieron con tal que avanzaba sobre la tierra y el césped,
grandes bloques de cemento se erguían al sur y al este.
Llegado a una distancia considerable de la entrada,
no fui consciente de dónde me encontraba,
hasta que mi pie se vio pisando un suelo ausente.

Dentro del sepulcro, la tierra estaba húmeda,
y tal parecía que el muerto no había sido entregado aún
pues un ataúd abierto y vacío se encontraba bajo mis pies.
Traté de saltar fuera un par de veces,
enterrando mis dedos como garras en la tierra.
En un momento desesperado, me sostuve de la lápida para impulsar mi cuerpo,
mas el condenado cuervo, hundió su ira en mis manos.
Volví a caer y le maldije en alto,
aunque, al no comprender mis palabras
sobre la lápida seguía posado,
girando su cabeza y con su ojos condenados
siguiendo mis movimientos ahora descontrolados.
Le dirigí palabras de odio
agarrándome la sangrante muñeca,
resignándome a aquella pena.
Pasaría allí la noche,
teniendo que pedir ayuda al primer visitante del cementerio que por la mañana llegase.
—Lo lamento, estimado —susurré mirando a mis pies—,
espero no le moleste que use su cama solo por esta vez.
Y aunque ante su ausencia no sabrá que aquí estuve,
prometo señor, le visitaré después de esta noche lúgubre.

Me erguí para leer el nombre del pobre en descanso,
y volví a dejarme caer con espanto.
Tallados con un pulso exacto:
mi nombre y mi apellido junto a la fecha del infarto.

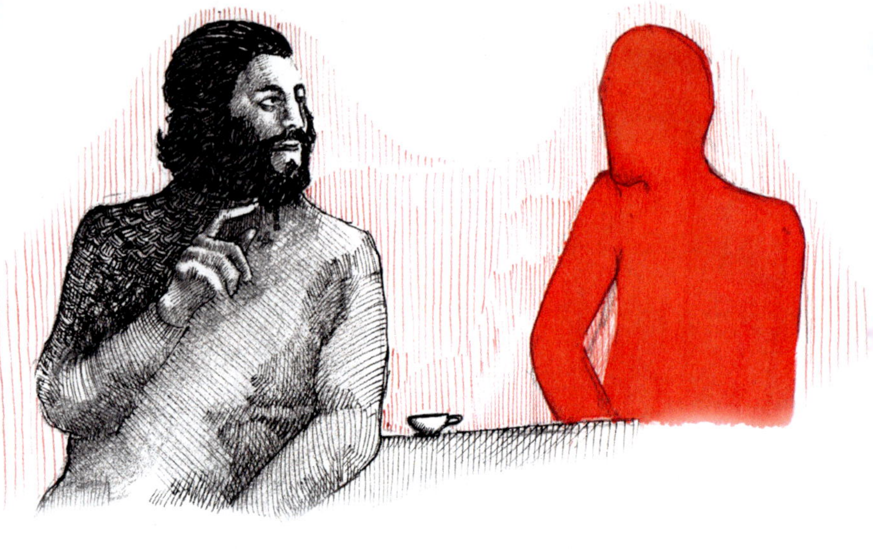

CASA RETOMADA

Me gustaba la casa porque a pesar de sus pocas habitaciones y de que en invierno era un congelador, allí yacían los recuerdos de un primer hogar propio. Al principio se me trató de loco por haber optado por tal lugar para mí solo, ya que bien podía ser casa para tres. Me levantaba puntual cada día para limpiarla, desde las ocho de la mañana a doce, comenzando por el orden general de la cocina, luego la cama; lavaba los platos después de barrer, detestaba tener la sensación de manos húmedas al manipular la escoba. Con las mangas recogidas sobre los codos y los utensilios limpios, me encontraba en posición perfecta para cocinar. Me había acostumbrado a comer disfrutando de la casa limpia. Quizás lo estructurado de la rutina era lo que me volvía tan solitario, podía imaginarme a los setenta solo entre esas paredes, sucumbiendo al paso del tiempo junto a la madera y el cemento, muriendo antes de que cayesen los cimientos.

Soy alguien que nació para no molestar a nadie, lo cual implica esperar que nadie me moleste. Por las tardes me dedicaba a leer o escribir, nunca con un orden en concreto, y a veces intercalando una actividad con la otra en intervalos de dos horas para no sentir que me estancaba. Pero es de la casa de lo que quiero hablar, yo carezco de importancia en este punto.

Cómo no acordarme de la distribución de la casa. Dos pisos, una única escalera a la izquierda justo frente a la puerta principal cosa de poder salir directamente tanto desde el segundo piso como del primero. Arriba, dos habitaciones y un baño, mientras que abajo una sala con tres sillones rodeando un televisor, una puerta que daba a otra habitación, intermediaria con la cocina.

Pasaba la mayor parte del día entre la sala y uno de los dormitorios. El otro era un estudio adaptado para el trabajo, pero la comodidad de la cama no me permitía darle su merecido uso. Los otros espacios no eran visitados más que para limpiarlos; es asombroso cómo el polvo llega incluso a las habitaciones cerradas. Comúnmente, se dice que la suciedad no se quita, solo se mueve de lugar, y mover el polvo era tarea difícil.

Lo recordaré siempre. Me dirigía a la cocina cuando al cruzar la puerta de la habitación intermedia, me pareció ver por la ventanilla que había alguien sentado en la mesa junto al lavaplatos. Al abrir la puerta y cruzar el umbral, la silueta se puso de pie y me miró con atención. Asumí que me miraba, aunque era difícil poder confirmarlo, puesto que no tenía rostro. Era una silueta sin más, de mediana altura, calva, sin dedos ni dobleces en su cuerpo que indicasen que utilizaba vestimenta alguna. No se movió cuando me senté frente a ella. Terminé entonces de beber mi café, una tostada para complementar, y dejando una sin acabar, por sí a ella le daba hambre, me retiré al estudio para seguir trabajando.

Por la tarde sentí ganas de un segundo café; ya anticipando la presencia de la sombra para hacerme compañía, consideré conversaciones que desencadenasen una perspectiva diferente de las cosas en las que trabajaba. Pero no sospeché en ningún momento que habría otra de ellas, esta vez en la habitación que antecedía a la cocina, de pie junto al estante de vinos. Mi primera reacción fue pensar que se trataba de la misma sombra, mas al cruzar la puerta de la cocina, ella seguía sentada frente a la tostada a medio comer.

—¿Le preguntas a tu amigo si puedo sacar algo de licor? —bromeé.

Solo silencio.

Miré a la sala por medio de las dos puertas abiertas. Ahora había otra de ellas de pie frente al televisor. Suspiré un tanto resignado.

—Me caes mejor tú —dije sentándome una vez más frente a la silueta y sirviéndome café.

Ese día me dormí temprano, aunque no sin antes enterarme de que otra de ellas estaba en el segundo piso dentro de la ducha. Me pareció extraño que no cerrase la puerta, pero considerando que no dejaría el lugar, agradecía que no lo hubiera hecho. Y, menos mal que no le molestó tener la cortina cerrada; no me sentía muy cómodo haciendo frente a ella.

A la mañana siguiente, media docena ocupaba mi oficina. Lo peor era su inmutabilidad, no importaban mis palabras o insistencias, ellas se quedaban quietas mirando nada, diciendo nada, haciendo nada. Saqué como pude la computadora para trabajar.

Perdí acceso a las habitaciones del segundo piso a las horas después, lamentando no haber pensando en la posibilidad, más teniendo en cuenta la rapidez y frecuencia con la que aparecían. Trabajos a medio escribir y muchos papeles además de libros de la biblioteca personal, todo perdido gracias a las sombras. A cada hora, de manera casi religiosa, llegaba una. Después cada media hora, para luego aparecer cada veinte minutos; los conté obsesionado.

Me desplacé caminando entre ellas y sus miradas inexistentes. Al cruzar la puerta de salida, otras tres de ellas iban entrando desde la calle. Pronto desde la ventana no se observaban más que siluetas. Ajusté el cuello del abrigo al mío antes de avanzar. Comenzaba a hacer frío.

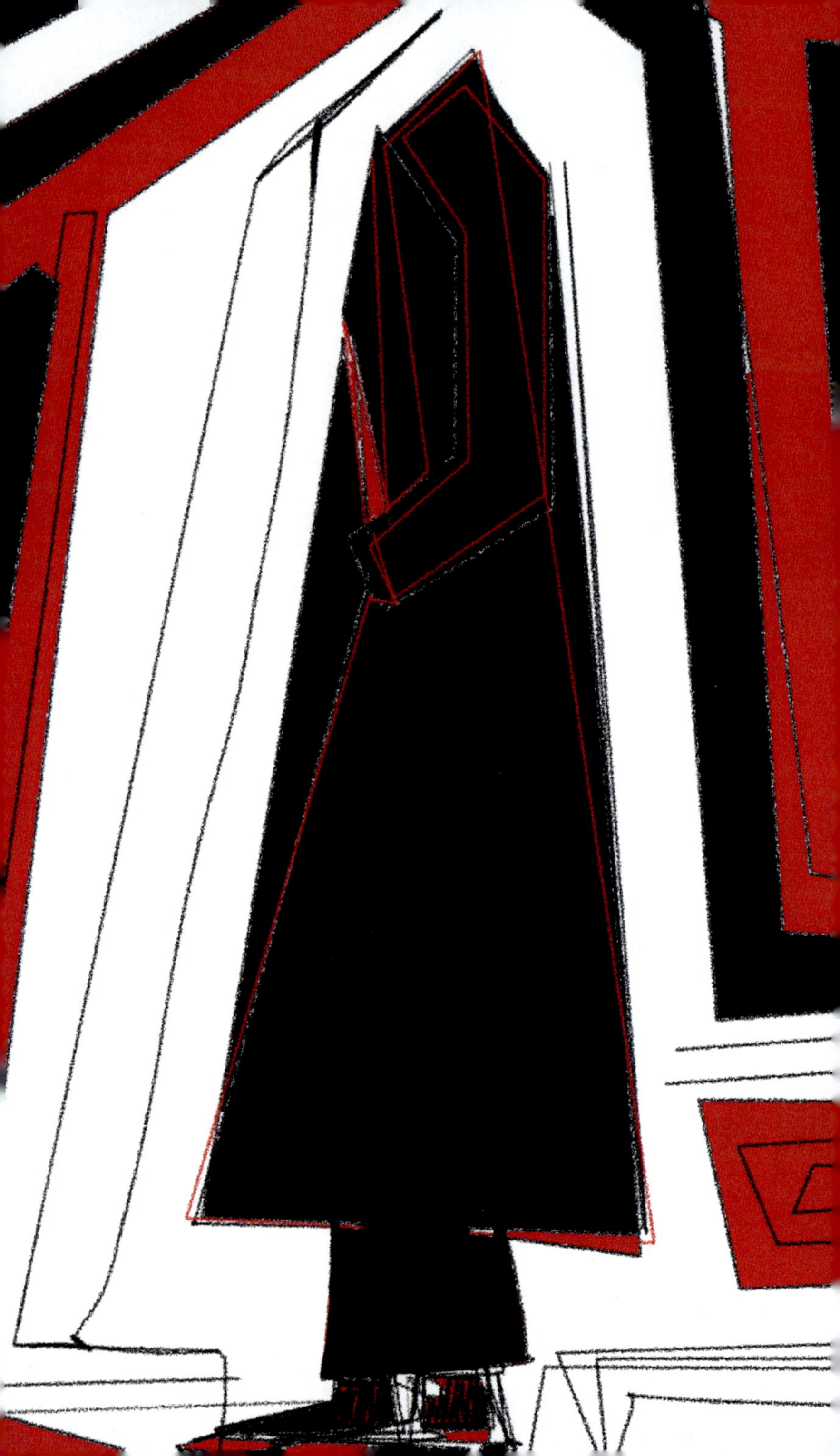

ABRIGO DE SEGUNDA MANO

Me declararía como un hombre poco usual, uno con dudas dentro de la cabeza que por lo general no tocan la corteza cerebral del resto de individuos que conforman la sociedad. Ello, debido a mi pasión por saber la procedencia de las cosas. Se trata de una intriga por el origen del todo, incluyendo el universo mismo. Me especialicé en las áreas más complejas de la ciencia y la medicina para conocer el origen de los organismos desde su núcleo y sus primeras facetas en la vida. Durante años me dicté al trabajo de aprender sobre los idiomas de pies a cabeza, tantos como me fueran posibles almacenar en mi cabeza sin comenzar a mezclarlos o perder coherencia al momento de hablarlos. Con estos estudios también conseguí darme cuenta de que la mayoría de las lenguas tenían un origen común y que a partir de una podía descifrar otra con mayor facilidad.

Estas actividades se llevaron mi atención por largas jornadas a lo largo de los años, pudiendo asegurar que no me arrepiento en lo absoluto de haberlos empleado en tareas tan específicas; gracias a ellas es que hoy soy el tipo de persona que soy y, al fin y al cabo, solo con el conocimiento y el aprendizaje como precedentes pude lograr lo que en realidad me disponía a lograr: saber tanto como fuese posible.

Sin embargo, y debido a esto mi historia está siendo relatada en estos momentos, el origen de un solo objeto no he sido capaz de esclarecer. Espero que por medio de la escritura y de la posterior lectura, mi mente pueda crear una serie de patrones o de conexiones entre hechos que me revelen la verdad de lo que sucede en mi estudio.

El objeto en cuestión es un abrigo, una prenda vieja y mal-

37

gastada de unos noventa años. Nunca ha necesitado volver a ser cocido o sufrido daños que alteren su integridad. Y, si bien es interesante saber su composición, es en realidad lo que lo usa lo que me causa intriga. Existe un problema: no puedo estudiar al sujeto u objeto en cuestión, sino sólo encontrar una conexión entre el objeto y el sujeto, allí radica mi limitante. Me explico; el abrigo es de antaño, alargado, negro, con bordes de cuero en los puños y cuello. Dos bolsillos, uno a cada costado, y tres botones por manga, sin manera de unir el centro de este, por lo que no se aconseja para viajes largos, sino más como una prenda casual. La tela es de Francia, los botones de China y el cuero de Alemania. El hilo es el mismo en todas sus costuras, procedente del mismo animal. Todo lo ya mencionado se encuentra con exhaustivo detalle anotado e investigado por mi propia mano y ojo. Sin embargo, hay algo que no concuerda: el sujeto. Insistiré en ese punto porque no quiero que luego las cosas se vuelvan poco creíbles, aunque bien podría aceptar el término de improbable. Personalmente, es el que estimo más apto para esta situación.

La prenda yace colgada en el perchero junto a la puerta con una inclinación hacia la izquierda; la espalda queda, por consecuencia, en dirección al escritorio, el cual se antepone a la ventana, y mi silla entremedio de ambos. De esta forma, el rabillo del ojo siempre puede ver el abrigo colgado con la luz precisa para diferenciar sus dobleces, sin importar que tan sumido esté en el periódico o en mi trabajo diario.

Lo improbable ocurre a partir de las cuatro de la tarde, cuando el sol baja, distante en el horizonte, y se asoma de forma leve por la ventana, dejando su caricia rojiza, un tanto granate al posarse sobre las nubes; arrebol, palabra divina. Del abrigo, por lo bajo, nacen dos zapatos. Gamuza negra, sostenidos por una hebilla que cruza el empeine de extremo a extremo y termina por debajo de la suela. Primero un pie y luego el otro, siempre en el mismo orden, derecho y luego izquierdo, siempre con la misma velocidad y con la misma sutileza al momento de tocar el suelo. Las piernas de quien usa los zapatos son delgadas y van cubiertas por un pantalón de franela, azul oscuro a simple vista, con una línea recta por en medio en dirección a las rodillas que divide a la misma pierna en dos. Calcetines de lana grises. Innegable es el mal gusto. Una vez los zapatos tocan el suelo, punta y luego talón, el abrigo comienza a aumentar su tamaño, aunque en realidad se trata de una mísera ilusión. Lo que crece es lo que nace desde dentro de él y le comienza a dar forma, estirando las mangas, irguiendo la espalda. Luego, dos manos salen por los puños. Manos en apariencia delgadas, ya que utilizan guantes de cuero y son solo sus muñecas las que le dan visibilidad a su verdadero cuerpo. Piel tostada, algo amarilla, nunca pálida, lo cual me asombra si nos dejamos llevar por la imaginación y la superstición para realizar una comparativa.

Los pies se mueven a paso lento, siempre recorren la misma distancia hasta quedar en medio de la habitación con el espejo de frente y el candelabro por encima de la cabeza. Mas, irónicamente, no puedo ver quién es. Esto gracias a que carece de cabeza. El sujeto se queda de pie por tres minutos, inmóvil, en absoluto silencio. Durante ese tiempo, ni una mosca vuela cerca del perímetro, ninguna bocina del exterior interrumpe la paz como acostumbra a acontecer. Me aferro con ambas manos a la silla, me levanto lo más lento que me permiten los músculos y, en cuanto doy un paso hacia el frente, el abrigo cae completamente vacío.

El sujeto no deja rastro, no deja miga, no deja ni siquiera las marcas de sus pisadas sobre la madera del suelo. Es como un fantasma, solo que los fantasmas no usan abrigos.

AMYE & VALERIE

Es siempre el mismo recuerdo el que me mantiene despierta. Me veo desde fuera, siendo un espectador más de la escena en vez de parte de ella; el fondo es verde y distorsionado por la cantidad de árboles y arbustos que hay en el campo, aunque bien puede cambiar a las calles de la ciudad y ser gris, ya que las posiciones y las acciones son las mismas. Me veo entonces sosteniendo una sombrilla con el brazo estirado, aceptando la calidez del sol que tú nunca soportaste, y que por ello cargaba esa sombrilla. A pesar del malestar o la ceguera, siempre gustabas de ver el exterior durante el día, asegurando que no se parecían en nada, sin importar que se tratase del mismo lugar. Cuando intento hacer que el recuerdo te enfoque, solo alcanzo a ver parte de tu hombro descubierto y una gran cantidad de cabello blanco cayendo por tu espalda, luego, el recuerdo se va a la sala de nuestra antigua casa. El ambiente cálido creado por las luces amarillas de un par de lámparas juegan al contraste y la ironía. El aire no pesaba por aquel entonces, haciendo más fácil respirar hondo y guardar la calma ante la escena. Había un disco de Suede sonando en el fondo; tener la música a todo volumen es un mal hábito que conservo, como si todavía debiese de prevenir los gritos de alguien más. En este recuerdo, tarareo la canción mientras le doy la vuelta al sofá y me acuesto en el suelo frente a las torres de libros a los que nunca les compramos un estante. Con la sien en el suelo y rascando por inercia puntos de mi cara, te veo de rodillas con el cuerpo en el regazo.

Podía imaginarme allí, entre tus brazos, con los colmillos penetrando mi piel y la sangre fluyendo fuera de mi cuerpo. Como decías, el frío se adueñaría primero de mis extremidades, luego ascendería por el pecho, aparecería la sensación de ahogo con la que pelearía sin importar que estuviese allí por mi voluntad. Habría, eso sí, cierto placer en los nervios del cuello, como un intenso cosquilleo, incluso más excitante que un chupetón. Pero no, una vez más, con tus propias palabras: esa nunca sería yo. Ni siquiera podía recostarme en tu regazo de la misma forma porque te hacía pensar en ellos, en todos los que se cruzaban por nuestra entrada en el momento y la noche equivocada, en todos los cuerpos que luego debíamos de enterrar en una fosa común que tardaste meses en hacer. ¿Aún la usas? Es probable que no, porque sabes que algún día podrías llegar a encontrarte conmigo otra vez.

Era fascinante de todas formas, ¿sabes? Ver tus ojos teñirse de negro hasta que las cuencas parecían vacías, dotándote de cierta vida, irónicamente. Gran contraste con relación a tu piel. Tan albina, tan pequeña, tan Alicia. Alicia, también con A. También con curiosidad, pero mucho más rodeada de pesadillas que de maravillas. Y es que, para mí, aquello era una defectuosa maravilla porque te amaba, aun tras quitarle la vida a las personas; sin importar lo que definías como monstruosidad, y sé que lo sabes.

El recuerdo que aparece casi como un sueño no tiene toda la escena, es una película quemada o que se queda pegada, pero lo vivimos tantas veces que no me es difícil reconstruirla con los fragmentos de cada muerte. Cuando terminabas de alimentarte, relamías tu labio inferior y usabas servilletas en vez de las manos. Era extraño las primeras veces hacer la comparación entre la idea que tenía de vampiro y lo que verdaderamente resultó ser. No me extraña considerando que todo lo que sabía salía de la ficción, de películas de mala calidad y romances exagerados de una época idealizada.

Amye siempre te viste viva, tan viva que me daba miedo perder esa vida. Imaginarla lejos, dejarla sola, tal vez por ello mi apego; parecías más viva que yo, más viva que una humana, más viva que alguien verdaderamente viva. Amye, Amye, querida Amye; eternamente viva, eternamente padeciendo aquella vida que perdías entre tus brazos por el hambre.

Llorabas, lo sé, no con lágrimas sino con el alma, con esos ojos que perdían poco a poco el tono negro y se sumían en la profundidad del silencio del cuerpo inerte, en la música, en tus manos acariciando la mejilla del cadáver con el dorso de los dedos, los deslizabas uno a la vez como una enamorada, pensativa, triste. Nunca me mirabas después de comer, no hasta la mañana siguiente, ni siquiera cuando volvía de dejar el cuerpo en la fosa y nos acostábamos juntas. Si me tomo el tiempo suficiente para desenterrar aquel recuerdo, aún puedo sentir tu cuerpo tibio sobre el mío, con la cabeza apoyada sobre el pecho para no mirarme, una mano que me abrazaba sostenida a mi hombro y las piernas entrelazadas. La música llevaba horas apagada y la noche no traía más sonidos que el de mi palpitar. Me pregunto si dormías así para escucharlo, para sentir que había algo vivo que no perdías.

¿Dónde se iba tu mente cada vez que quitabas una vida? Callabas cuando te hacía la pregunta, mas algo era claro, y era que te dolía.

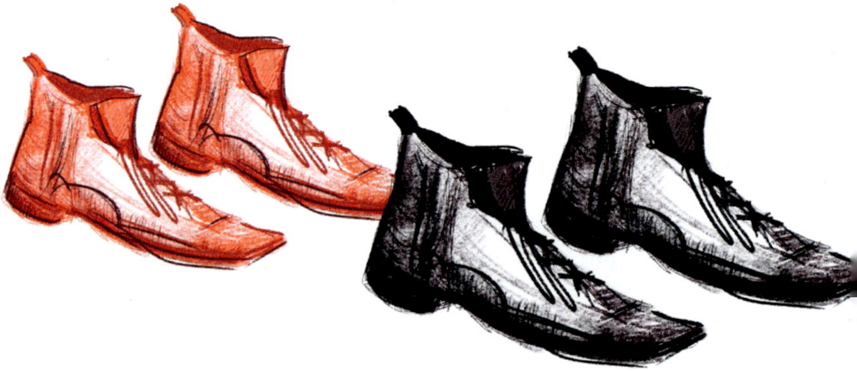

EL PERSEGUIDOR

Sigue a los míos, en un compás de tonos medios, quizás solo medio tono, aquello explicaría el desconcierto, la idea de una segunda menor que se involucra con el andar. La tensión constante se encuentra presente, ¿entonces por qué no la disonancia? Algo no concuerda, de ello no hay duda alguna. Hay algo ajeno, algo extra, un eco quizás. Pero no, el eco implicaría la repetición de la acción ejecutada, no una acción nueva que imita a la previamente realizada, ¿un canon entonces?

Un paso, nada más que eso, un paso seguido de otro paso que copia mis pasos. Cada vez que cae el talón, solo un instante antes de que caiga el talón de la pierna contraria, cae un talón que no me pertenece, una tercera pierna imaginaria. Pero lo imaginario no suena, no persigue, no copia, mucho menos tiene una cuarta pierna. Si fuese imaginario, sería coherente que solo fuese una tercera pierna, respeta que se trata de algo raro, un extrañamiento de la realidad, mas no, este caso difiere; hay una cuarta pierna. Y si hay una cuarta pierna, hay una segunda pelvis, un segundo tronco, cuatro brazos, una segunda cabeza; solo me pertenece la mitad de todas esas piezas corporales. Una cuarta pierna altera el análisis, altera la razón. Ya no es un destierro de lo cotidiano, se trata de algo más, algo siniestro, algo que acecha, algo que juega a ser tú pero sin lograrlo. Es allí dónde nos encontramos con el error: se percibe, logro notarlo cuando me sigue. Se siente el paso extra seguido de mi paso, se siente el cuarto paso después del tercero. En definitiva, le oigo caminar. Caminar detrás de mí, nunca a mi lado, siempre detrás, siempre pendiente. El eco del talón de madera que impacta contra el suelo de piedra, de césped o de madera contra madera. Un paso, suficiente para recordar que está allí, inmutable. Un segundo paso, ahora me imita y sé que sabe que sé que me imita, porque se pone tenso, ajusta su ritmo al mío y luego trata de imitar con más precisión el peso de la pierna y el sonido contra el suelo.

Algunas veces creo que se ha cansado de este juego, pero la verdad es que no ha dejado de seguirme el paso desde hace meses. Para él no se trata de un juego, lo necesita; seguirme es una obsesión, una tortura, una manera de decirme todo el tiempo que no estoy solo ni a salvo. No descansa, no se detiene, cada día me imita mejor, cada día me acompaña el perseguidor.

¿Me debería preocupar? ¿Qué pasará el día que mi paso no se distancie ni un paso de su paso?

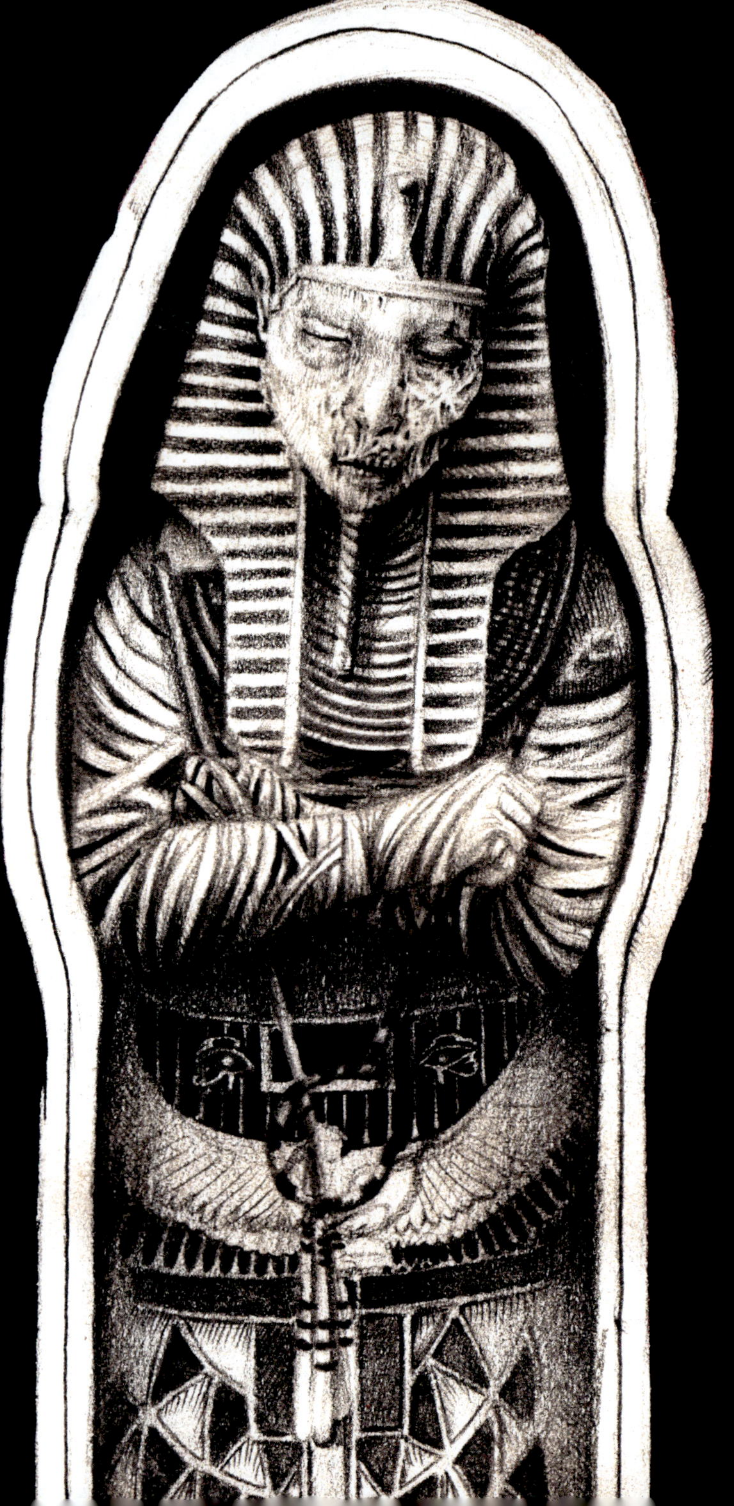

LA MOMIA

T. contempló la momia tras la vitrina. La contempló en su máximo esplendor, como no había sido contemplada en miles de años de entierro. Con las luces artificiales de color blanco que acentuaban el brillo de cada grano de arena sin remover, oscureciendo el carmesí de las cuencas, causando sombras en sus ojos secos, abiertos para la eternidad.

T. contempló la momia hasta sentirse contemplado por ella, hasta que esos ojos parecieron seguirle, hasta que no podía hacer nada más que mirarla. Parecía respirar al mismo ritmo, detener su parpadeo en vez de ser incapaz de hacerlo.

T. contempló la momia hasta que la momia lo contempló a él; hasta que, de un instante a otro, T. se contempló a sí mismo desde el interior de la vitrina.

NOCTURNAS

El sol se ocultaba, las farolas se encendían, y tanto el calor como la claridad ahora solo eran encontrados dentro del hogar. El hombre siempre ha buscado escapar de la noche, de lo que esta misma esconde. No es de sorprender al saberse ausente dentro de sus facultades el poder divisar más allá de la niebla negra que significa la noche. Las luces fueron creadas para extender las horas de los días, para darle ojos a los ciegos humanos. Solo que, ello causa la confusión de otros seres; a pesar de que su calor celestial se haya marchado, su luz permanece, y así es cómo cada pequeño alado termina perdido en la ceguedad de la luz artificial.

Aquella noche me disponía a escribir algunos de los pesares de mi mente, dejar fluir las palabras sobre el teclado y que ensuciaran el blanco de la pantalla. Mi vista se vio dificultada por la inminente desaparición de la luz; me levanté, cerré la ventana y encendí el foco de mi recámara, volviendo a mi asiento sin ánimos de querer abandonarlo hasta que el sueño fuese más fuerte. Al inicio las palabras cayeron sin problemas desde mis sienes hasta la punta de los dedos, hundiéndose con suavidad en cada letra y cada palabra para armar mis discursos y discusiones, totalmente solitarias y egocéntricas. Entrada ya la noche, y agobiado por el silencio inmenso que cubría mi habitación, me quedé paralizado frente a la línea vertical del puntero. La palabra perfecta no nacía, buscaba un reemplazo temporal para poder continuar, aunque mi cabeza no se quedaba satisfecha ante ninguna similitud, por lo que me vi obligado a detenerme.

Resignado a la idea de querer que mis mantas cubrieran mi piel del frío, exhalé con una mueca todo mi cansancio y dirigí mi mirada a la ampolleta descubierta en el techo. En un principio tuve la impresión de que una mancha se posaba en medio de la luz. Tras ver la silueta moverse en círculos, comprendí que se trataba de una polilla. De seguro se había adentrado en mi hogar antes de que yo cerrase la ventana y, por ende, no le había dado tiempo a escapar. Parpadeando con un poco de dificultad y levantándome sin perderla de vista, extendí mis manos en una pequeña jaula para mi invitada. Traté de atraparla, aunque me resultaba difícil seguir la velocidad de su vuelo con la luz directa en mis ojos. Después de un par de intentos fallidos, mis palmas notaron el suave cosquilleo de sus alas, así que cerré la entrada de la jaula y procuré no aplastarla. Antes de dirigirme a la ventana, noté que ya no sentía su vuelo en mis manos; asumí que estaría quieta dentro de esa oscuridad, por lo que mi sorpresa fue mayor al notar que, al deslizar la ventana con el codo y abrir las manos, ella había desaparecido. La busqué con la mirada entre la luz esperando encontrar otra mancha sobre esta, solo que no había ninguna interrupción en el destello. Quizás se habría escapado por las orillas de mis dedos, o bien nunca la tuve en mi poder, siendo el roce de sus alas lo que me hizo creer que la había capturado. Fuera como fuese, ya no estaba por ninguna parte. Cerré la ventana y me cambié para dormir. El calor de la cama era acogedor, y entregué mi cuerpo a las manos de Morfeo en solo unos minutos después de haber cerrado los ojos.

A la mañana siguiente, me despertó mi propia mano al estar rascando de manera involuntaria mi palma derecha. El picor era intenso y parecía no detenerse por más que siguiera rascándome. Probé con agua fría, agua caliente, e incluso aplicando un par de cremas. Aunque parecía que en realidad solo empeoraba con cada cosa que hacía, por lo que acabé optando por usar un pañuelo. Envolví mi mano, dejándole solo movilidad a los de-

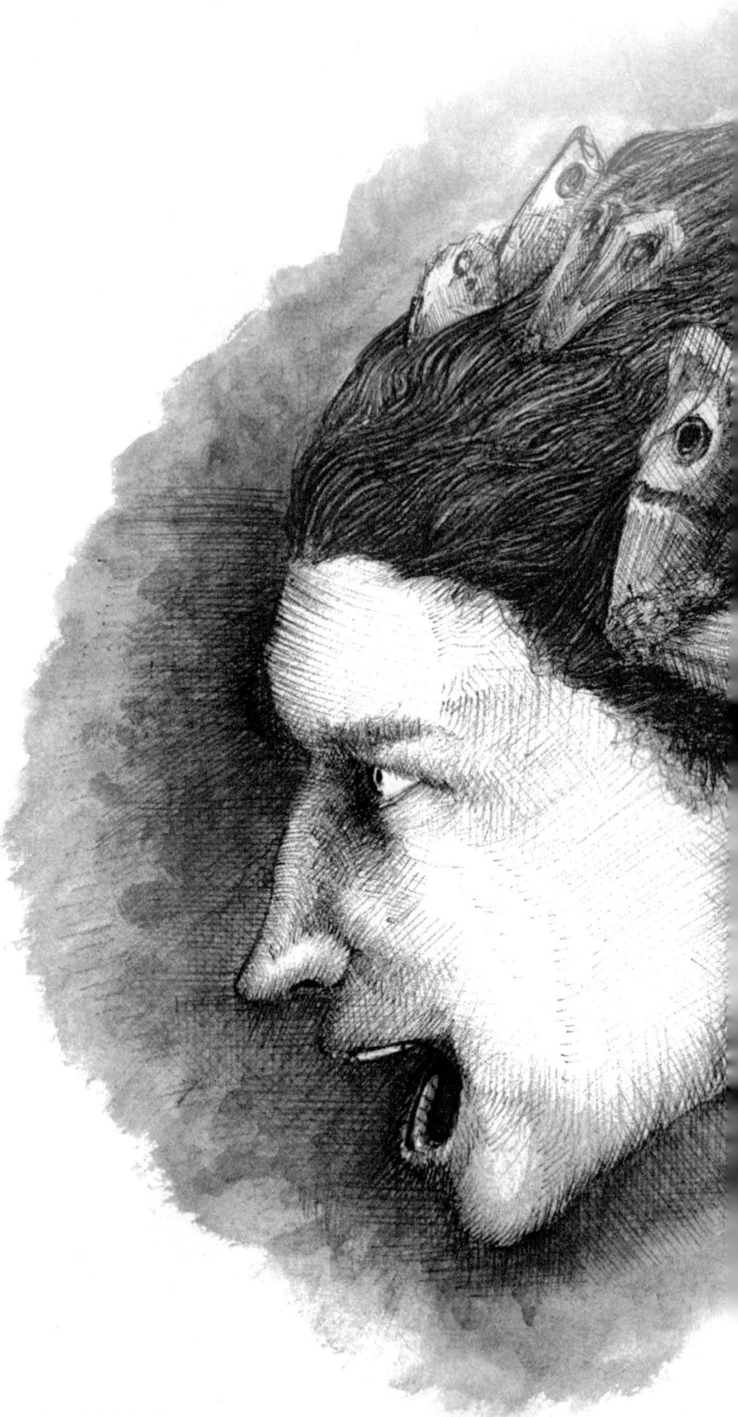

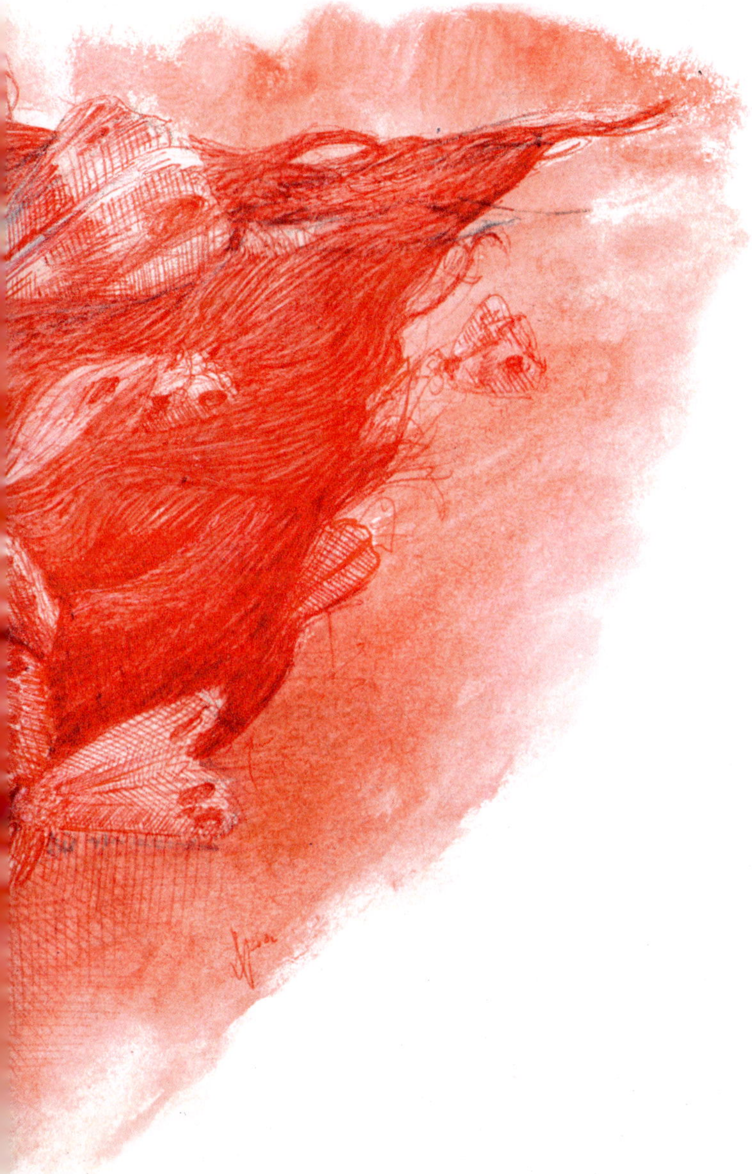

dos, ello evitaría que me lastimase más rascándome. Al principio funcionó; mi tarde transcurrió tranquila como cualquier otra y el picor parecía olvidado, presentándose solo cuando miraba mi mano y lo recordaba. Era capaz de tomar cosas sin mayores dificultades y el hecho de necesitar mantenerme distraído del picor, me obligó a verme consumido en la escritura, así que también ayudó con creces a mi productividad.

Por la noche, al irme a dormir, ya había olvidado toda molestia en mi palma y dormí igual de bien que la noche previa. Solo que, tal como la última mañana, me despertó el movimiento de mi brazo izquierdo rascando desesperado el derecho. Para cuando recuperé el control de mis acciones y dejé de rascar la zona, comencé a sentir un intenso ardor. Comprendí que me había dañado más de lo debido. Me levanté al baño para buscar el botiquín; al encender la luz se reveló la marca rojiza desde la muñeca hasta el codo. Me había producido una quemadura lo bastante amplia como para necesitar vendaje. No me explicaba el origen de tanta molestia; no tenía animales, por lo que pulgas u otros insectos similares en la cama no serían una opción. De todas formas, con la sospecha de que sería producto de las sábanas, quité toda la ropa de cama y la cambié por un juego nuevo.

Al acabar con la tarea, apliqué algo de ungüento en la herida antes de vendarla, y me recosté con normalidad. Aunque, pensando en las últimas noches, decidí que sería mejor idea dormir sobre mi brazo izquierdo. Así al menos me sería difícil acabar rascándome otra vez. Sin embargo, por desgracia para mí, resulté ser inquieto por las noches, pues me encontraba en la orilla de la cama al despertar, mi mano atacando con crueldad mi hombro contrario. El picor se extendía hasta el cuello, intensificándose en el centro de la quemadura. No lograba controlar ninguna de mis acciones y a cada segundo mis uñas rasgaban más y más piel.

La venda de mi brazo había desaparecido. Mi decisión de ir al hospital se concretó cuando sentí la sangre brotar y correr por mi brazo; con los dedos impregnados, salí de un salto al baño. Había olvidado dónde había dejado las vendas así que, mientras buscaba con la mirada, metí mi brazo bajo el chorro de agua de la tina. El daño era mayor del que había pensado en la oscuridad, pero el dolor no provenía únicamente de las primeras capas de piel. Al ver la herida junto con el efecto de lupa que producía el agua, noté con abrumadora claridad el músculo superior del antebrazo, y cómo el tendón de mi pulgar se movía en sincronía con este mismo.

La imagen de mi interior expuesto me hizo sentir mareado, un escalofrío se extendió por mi espalda y me lancé al lavabo para observar mejor la herida en el espejo. La luz superior me permitió saber con precisión cómo debía de vendar, mas, también expuso un aspecto de la misma que no había notado en un inicio. El interior de mi herida no se distinguía de color rojo, más bien era algo café, incluso texturizado, con lo que la idea de músculo se desvaneció. ¿Una infección quizás? Poco probable. Extrañado, me acerqué más a la herida, y allí fue cuando salió un grito de lo profundo de mi garganta. Aquello se movía y, no, no era yo al mover el brazo. Había algo dentro de mí, algo que se movía a voluntad propia. Tomé unas tijeras de la estantería tras el espejo y, procurando no tocar ni piel ni tendón, la introduje en el agujero para empujar aquella cosa castaña. Esta reaccionó enseguida al roce del metal y comenzó a girar sobre sí misma. La sentía retorcerse dentro de mi carne, mi cuerpo temblaba sin reparo. Cuando encontró el agujero de la herida, la polilla se arrastró hasta salir de mi brazo, dándose al vuelo, desesperada, con las alas pesadas y empapadas.

Caí al suelo entre gritos y la seguí con la mirada. Con la sangre que la envolvía, iba manchando los muros y el techo, salpicando con gotas de un extremo a otro, hasta detenerse sobre el foco del espejo. Por la sangre que ahora lo cubría, la habitación se transformó en un cuarto de revelación fotográfica.

La polilla de sangre me amenazaba desde lo alto con su silueta.

Mi mente se dio a la tarea de inventar mil imágenes de aquel insecto dentro de mi cuerpo, cada una más desagradable que la anterior; cedí ante el asco y la repulsión, vomitando hasta sentir en la garganta un picor inusual. Ese vómito sería lo último que mi cuerpo produciría, puesto que, al girar la lengua dentro de mi boca y pensar en escupir, mis dientes atraparon algo duro. Me lo quité de la boca con los dedos; entre baba y sangre se retorcía una polilla no más gruesa que mi dedo meñique. La solté con aversión, y alarmado me incliné al retrete. Al ver los restos que mi estómago había dejado, cientos de polillas pequeñas se daban al vuelo. Estaban dentro de mí, todas sus crías dentro de mí. Escapaban de sus huevos tanto por mi boca como por mi herida. Había sido el hogar para toda su familia y me comían desde dentro mientras yo dormía.

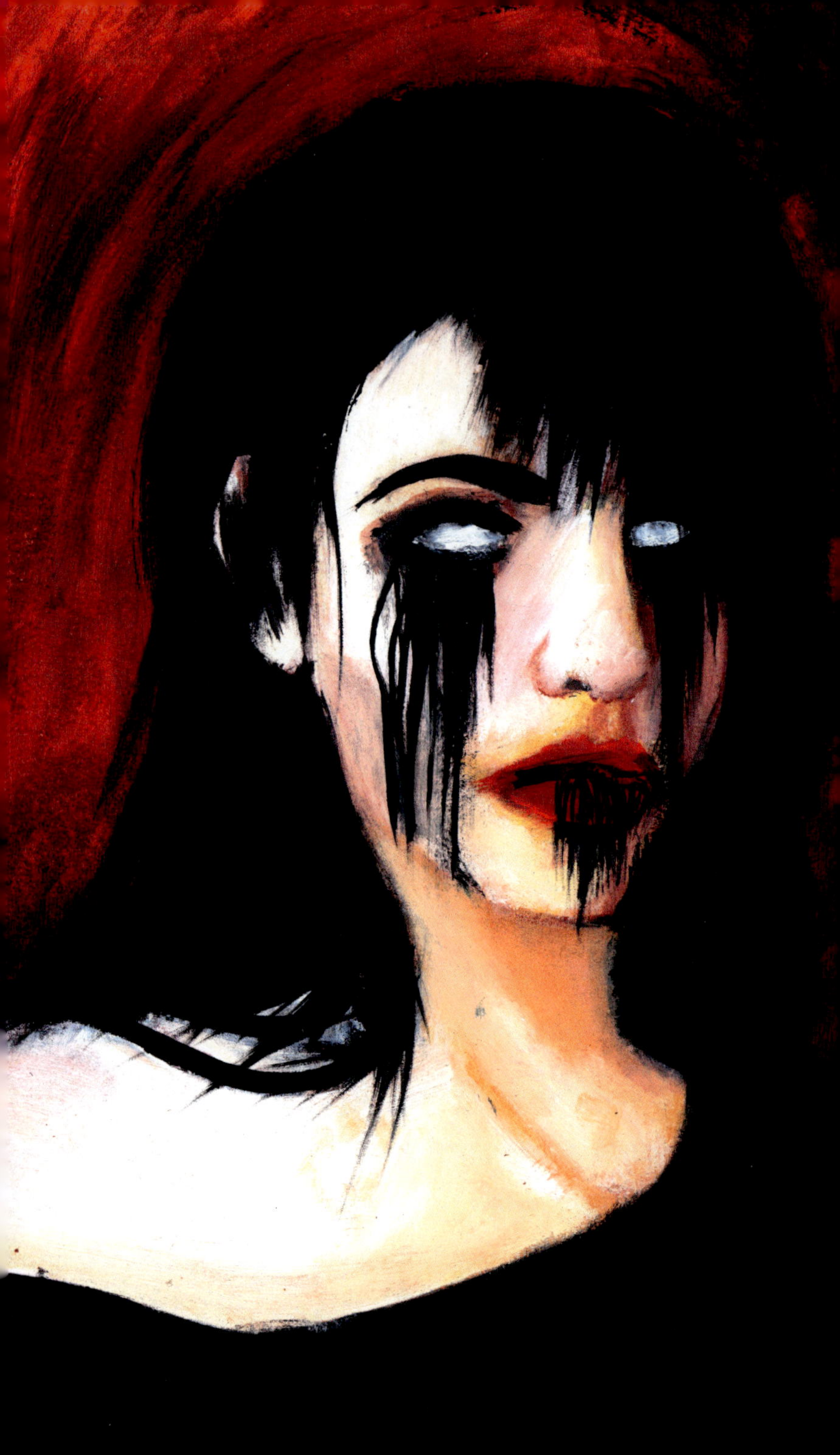

LA SOMBRA EN EL CUADRO

Los relieves proyectaban sombras sobre el lienzo, su pulso tembloroso había creado pinceladas gruesas y montañas de pintura. Sentía acalambrado el hombro, llevaba toda la tarde en esa posición colocando capa tras capa sobre el rostro blanco hasta que este ya no se percibía debajo del nuevo rostro de un hombre. Treinta años, cabello castaño. Un par de reflejos para destacar ciertas canas que no se habían escapado del ojo de la cámara, lo importante era ser lo más fiel a la referencia dada, solo así funcionaba. Sabía que el hombre terminaría igual que los demás, pero no tenía otra opción, cualquier otra se había perdido al igual que la esperanza de liberarse de esa carga la noche en que ella se la llevó. Solo que, a diferencia de los demás, Jessica no había aparecido en las noticias.

Un aviso de persona desaparecida, nada más. La familia era incompetente y despreocupada, por lo que ni siquiera hubo preguntas o acusaciones; todo se pasó por alto, se ignoraron los protocolos y ella nunca volvió a ser vista. Era curioso lo que un montón de cerdos podían lograr en una sola cena, lo rápido que se habían deshecho del cuerpo a pesar del espeso óleo que se entremezclaba con la carne. Se quitó lo desagradable de la imagen frotándose los ojos. Le ardían, no acostumbraba a abrir la ventana, no le importaba lo tóxico que resultase el ambiente con el médium en suma del aguarrás. Se estiró contra el respaldo de la silla con lo que sus huesos sonaron. Mantuvo la posición alejada del cuadro para poder contemplar el fondo: ella no se veía. Limpió el sudor de su frente con el mismo trapo que usaba para los pinceles; se había convencido de que tener parte de la pintura en su cuerpo haría que la maldición también le afectase y le volviese otra víctima. No había sucedido en ninguno de los últimos cinco casos, pero la desesperación le impedía abandonar esa esperanza.

Aún faltaba el barniz y el marco, pero el resto de su trabajo ya estaba hecho, ahora solo debía tragarse la culpa y esperar a que alguien notase el patrón.

Cada vez que en la televisión o en la radio se hablaba de un nuevo cuerpo, su corazón se detenía, sus puños dejaban medias lunas marcadas con rojo en las palmas de sus manos y una sonrisa expectante acompañaba a sus oídos detenidos en el aire para escuchar que había sido descubierto, que alguien daría fin a esa pesadilla. "El pintor vuelve a atacar", rezaban los titulares; "El vampiro de óleo deja una nueva víctima". Debía de admitir que detestaba la poca originalidad y el absurdo de quienes escribían esas columnas, con más misterio y amarillismo que verdaderas noticias o posibles explicaciones. Entre las que conservaba recortadas del diario, impresas desde la computadora o transcritas de la radio, se encontraban las del Día 7, y el periódico El Megáfono, los únicos que en algún momento le dieron una pizca de esperanza.

Dia 7
25 de octubre
Cuerpos desangrados. ¿Un nuevo asesino serial?
El pasado domingo se hizo público el asesinato de un concejal de la cámara de diputados. Según testimonios de los vecinos, la víctima habría tenido una acalorada discusión con un visitante dentro de su domicilio, al cual nunca se vio salir, pero la muerte no fue declarada a las autoridades hasta dos días después cuando en el edificio comenzó a predominar un olor a putrefacción que alarmó a los vecinos y desembocó en el descubrimiento del cuerpo en el salón principal.

Las autoridades no han dado mayores detalles respecto a lo acontecido ni sobre el estado del cuerpo, mas, gracias a otras fuentes, se asegura que la comisaría central ha dicho que se trata de una nueva víctima de "El pintor", apelando a semejanzas con asesinatos previos.

Hace un par de meses, dos cuerpos fueron encontrados sin vida dentro de sus respectivos domicilios; en ambos casos, no hubo testigos de lo sucedido ni tampoco algún indicio del responsable que pudiese ser hallado en la escena del crimen. No obstante, se habla de cuerpos a los que se les hizo un proceso de disección anormal; las víctimas no poseían sangre dentro de sí, sino óleo y médium. Esta es la tercera víctima en menos de medio año, ¿nos encontramos frente a un nuevo asesino serial?

El Megáfono
4 de noviembre
Nuevos datos sobre El pintor
Los nuevos testimonios de las autoridades tras el más reciente ataque de El pintor nos dejan con más dudas que respuestas. El jefe a cargo del caso, Lucas Jefferson, asegura que "el título de pintor se lo tienen más que merecido, pero se trata más de un diseccionador". Y es que, tras una prolongada entrevista, Jefferson declaró que lo que desconcierta a las autoridades es haber encontrado a las víctimas sin sangre, la cual en su lugar había sido reemplazada con pintura. Sin necesidad de una autopsia, era notorio que se trataba de tal sustancia puesto que la misma rebalsaba por cada orificio facial de las víctimas, creando en la escena retratos surrealistas totalmente aterradores y que incluso las autoridades debieron prohibir la difusión de las imágenes captadas. A pesar del control interno, todas las fotografías fueron filtradas y difundidas por el blog elcallejóndeldiablo.es. Jefferson

nos comentó al respecto: "Gracias a un maníaco sin escrúpulos, las imágenes están por toda la red, de seguro ahora estará muy feliz de haber expandido el caos de todo esto. Personalmente recomiendo que no las busquen, se van a evitar pesadillas", demostrando con esto que incluso los profesionales del campo se ven superados por la situación.

De momento no ha habido declaraciones por parte de los funcionarios de la morgue, que, cabe mencionar, han sido los únicos que han aceptado los cuerpos de las víctimas para realizar los procesos funerarios. La realidad es que las casas fúnebres se rehúsan a poner en peligro la integridad de sus establecimientos ante la locura del público, o, como dijo la señorita Rosa Montés, dueña de la funeraria Virgen del Carmen: "No nos vamos a arriesgar a que el asesino se aparezca a reclamar sus obras". Y es que este es un punto poco mencionado, ¿cuál es la motivación de este asesino? ¿Considera estas muertes como obras de arte? ¿Busca exponer alguna clase de punto? ¿O acaso solo nos encontramos ante un demente?

En última instancia, cuando el grupo especial de investigación se iba retirando de la escena del crimen, nuestro equipo de periodistas dieron con que el aclamado detective…

El resto de la noticia no estaba entre sus recortes, el leer su nombre había hecho crecer en él una alegría inconmensurable, incluso causó que en ese instante hiciera algo que jamás había hecho antes: firmar el retrato. Por detrás y con pintura blanca, una firma delgada entre el lienzo y la madera; debía conseguir engañarla de alguna forma, de lo contrario la pesadilla solo empeoraría en vez de acabar. Tal vez el que él hiciera los retratos era lo que la mantenía controlada, con ello se convencía y continuaba. Antes pensaba que lo más difícil sería elegir a las víctimas, sin embargo, el tiempo le demostró que el verdadero problema era entregar los cuadros. Lo que más le comía la cabeza y le ponía de los nervios era dejarlos ir con ella dentro. Más de una vez llamó pidiendo disculpas por el retraso, inventando mil y un excusas, que la pintura no secaba, o que había tenido que agregar otros detalles que al principio no había notado en la fotografía; que el fondo no estaba listo, que se había equivocado en el tamaño del lienzo y un eterno etcétera. Todas mentiras, puesto que los retratos eran su fuerte y no tardaba más de una semana en cada uno, solo que entregárselos a sus clientes sabiendo que sería la última vez que estos le vieran en vida era la idea que no le dejaba soltarlos. Se sentía maldito, condenado, embrujado con magia negra o perseguido por el mismo demonio; sin escapatoria ni aire, completamente culpable por cada una de las caras que aparecían en televisión.

—Pero eres tú quien les mata —dijo en voz alta a las decenas de retratos de la misma joven que yacían entre repisas, esparcidos por el suelo y guardados en el armario, todos a la espera de ser cubiertos con una nueva capa, con un nuevo retrato por sobre el rostro de su amada.

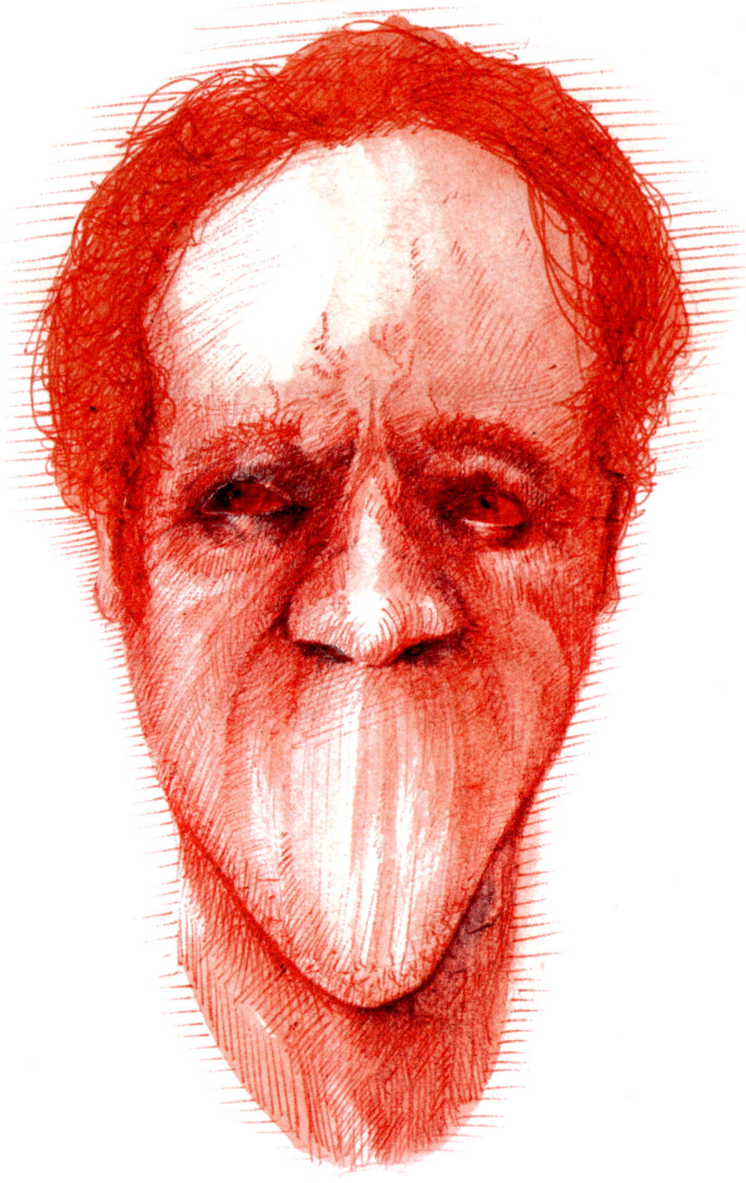

SILENCIO

Todos los días hago el mismo recorrido desde donde me deja el transporte público hasta la oficina. Lo hago a pie porque nadie que no se vea obligado por el trabajo se atreve a llegar hasta allá. Por favor, no vayan a creer que me involucro en algo criminal o que el barrio se encuentra en el top de los más peligrosos, es más un asunto de que la gente es temerosa, miedosa mejor dicho; le tienen miedo al silencio.

Camino observando poco los edificios o negocios del rededor, he llegado a un punto en el cual me sé todo de memoria, por lo que el paisaje queda en segundo plano y mi atención se ve atrapada por las personas que se van sumando al recorrido. Todos igual de desgraciados y solitarios, todos igual de silenciosos caminando en un sepulcral existir que apenas se percibe de no ser visto, con la mitad del rostro escondido detrás de una mascarilla. Los de cabello más largo, simplemente parecen carecer de rostro por lo ocultos que van, si no fuese por los ojos ni siquiera sabrías decir si son conscientes de dónde se dirigen, pero esas miradas desoladas declaran la verdad. Los ruidos de la calle van desapareciendo conforme avanzamos. Los autos, los niños, el sonido de la multitud se difuminan en su totalidad tras cruzar el último semáforo, el cual en realidad está hecho para nosotros y no para vehículos. Resulta sorprendente cómo funcionan los sonidos para poder ser percibidos por el otro, por mucho que pongas atención a tu alrededor o estés mirando una y otra vez quién viene detrás, si no escuchas, pierdes el equilibrio. Te desorientas y acabas chocando con alguien. Así de ensordecedor resulta el silencio de ese lugar, como si pasaras ocho horas dentro de una cámara anecoica. Con eso cualquiera se vuelve loco, incluso varios estudios hablan al respecto, por la necesidad de estímulos a los que el cerebro está acostumbrado. Quita todos los sonidos de tu alrededor, y tras unas horas será tu cuerpo el que se encargue de sustituirlos, solo no esperes que sea con cosas coherentes.

Habiendo llegado al edificio, cruzo la puerta y, tras demostrar por medio de un código que trabajo allí, a pesar de que me ven todos los días, mis oídos se sienten como si estuvieran dentro de un paquete sellado al vacío, sofocados por la falta de aire y presión en el ambiente. El único lugar en el que he sentido algo similar ha sido dentro de un refrigerador, y ni siquiera estaba cerrada la puerta.

Los pasos apenas se perciben, menos el roce de la ropa no importa la velocidad que tomes, aunque en realidad nadie camina rápido, muy por el contrario, lo hacen tan lento que llega a ser hostigante. Viven sin ánimos, sin motivación real por llegar a su destino, alargando la espera de la inminente condena. Yo soy más de tomar las riendas, de adelantarme al resto para poder acabar pronto y salir de allí; anhelo que llegue el momento en que no tenga que volver, en que se presente una nueva catástrofe que me haga trabajar desde casa, al menos allí puedo poner música, hablar conmigo mismo en voz alta o con algún invitado. Aquí, en cambio, nadie se habla, nadie se mira, se ocultan bajo esas mascarillas, avergonzados, arrepentidos, sumisos. Toman asiento con la cabeza gacha, solo viéndose tenues luces parpadeantes entre los cabellos que se mueven de un lado a otro. Ojos de vidrio les llamo a esas cuencas negras con un recuadro blanco de luz, como ventanas diminutas que giran sobre sí; leyendo, mirando, pero siempre en silencio.

Me pone inquieto la falta de sonidos, muevo el pie para sentir que algo dentro de ese espacio está vivo. Por el color de las paredes y los pasillos relucientes, el lugar parece un hospital. Es impresionante, aún después de dos meses de trabajo, que nadie se hable. ¿Acaso todos se odian? ¿No hay amistades? ¿No hay vida más allá de la monotonía del trabajo? ¿Les faltan temas de interés? Quizás nadie hace nada más, si hablasen al menos podría quejarme de que solo hablan del trabajo, pero no de que no hablan nada. Quiero decir, ¿cómo es que nadie ni siquiera pide permiso en voz alta? Las señas siempre me parecieron curiosas, más para personas que no tienen otra forma de comunicarse, pero aquí lo llevan a otro extremo; las usan para todo, y no hablo solo de signar, sino de movimientos y gestos, señas con hombros, cejas y cabeza. ¿Quieres esto? Asiente. ¿Terminamos por hoy? Otro asentir. ¿Comerás? Niega con la cabeza. Nunca comen, al menos no conmigo, no se acercan, los veo sentados con la comida enfrente de ellos, pero nunca se quitan la mascarilla, sin importar que se encuentren en el exterior, como si solo pudiesen soportar respirar con el aire filtrado por medio de la tela.

Silencio, más y más silencio.

Al menos son obedientes. Bocas cerradas no se oponen a nada, no piensan, no reaccionan, solo hacen lo que se les indique y ya. Aunque muchas veces hasta eso lo hacen mal. La carencia de comunicación les hace torpes, como si no tuvieran idea de cómo interpretar el lenguaje. Quizás soy el único que sabe hablar y no lo sabía hasta ahora que lo pienso, pero es que ni siquiera hay quejas, tos, gruñidos. Nada, no hay sonido alguno. Empiezo a perder la paciencia.

¿Cómo va a existir tal cosa? ¿Cómo es que las personas soportan esta monotonía?

Siento entonces lo de siempre, solo que más insoportable este día. Cabeza apretada, asfixia por la mascarilla, la cara pegajosa por el sudor y la baba de mi aliento al tratar de respirar por la boca. Camino desesperado alrededor de la oficina. Salgo dando un portazo considerable, el sonido se propaga por todo el edificio como una bomba, los demás empleados se sobresaltan, los veo a través de los cristales pero nadie produjo sonido alguno acompañado de ese susto. ¿Qué mierda es esto? Corro hacia ellos, les grito. Ellos se alteran aún más. Algunos se cubren los oídos con muecas de dolor, otros comienzan a llorar. Yo sigo gritando.

—Hablen, digan algo, lo que sea, pero hablen.

Nadie responde, me veo obligado a agarrar al más cercano y arrancarle la mascarilla de un tirón, solo entonces la paranoia se acaba. Debajo de la tela, no tiene boca.

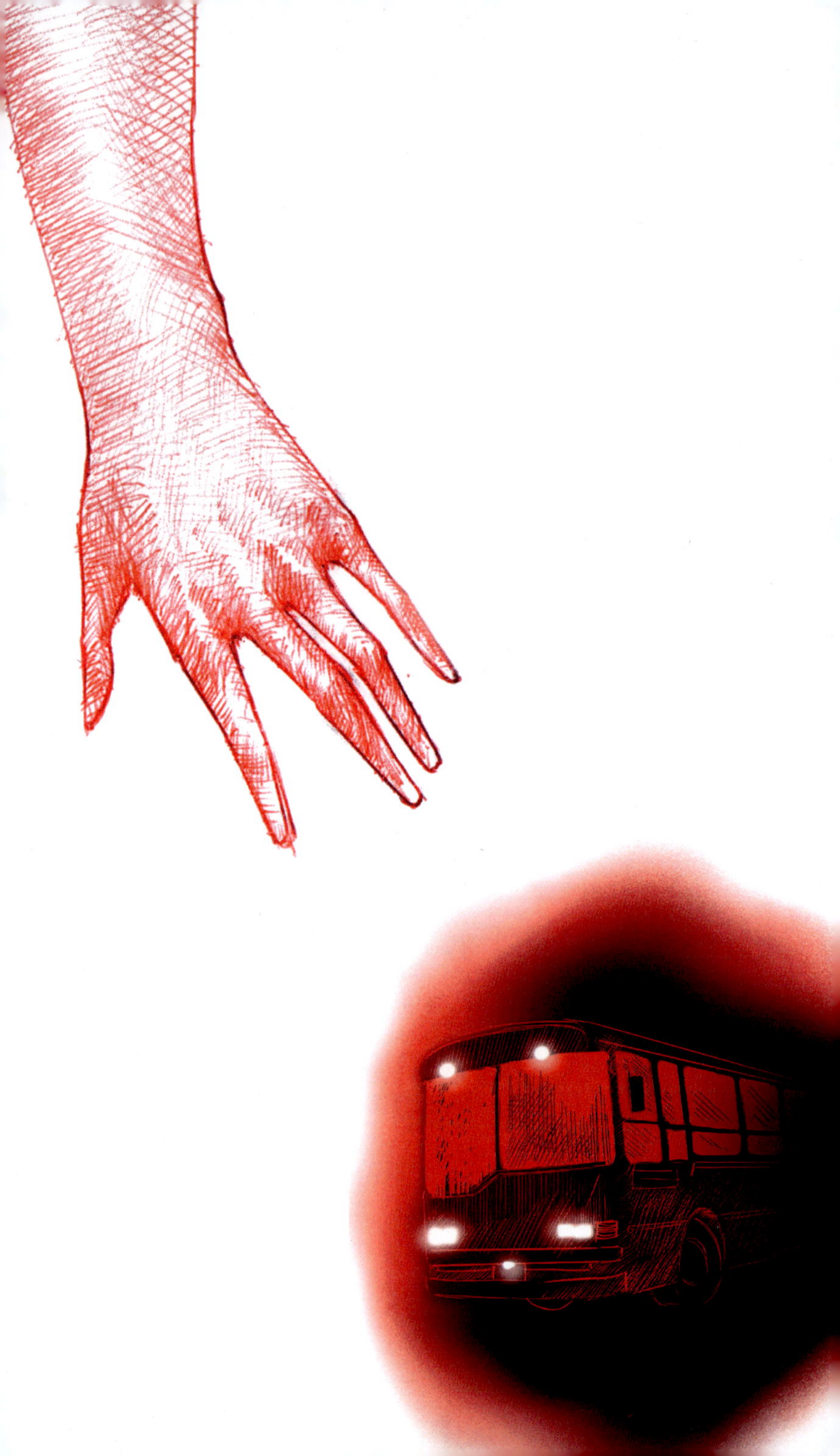

LA MICRO

El olor a bencina quemada propagado por los tubos de escape en la parada de micro era desagradable. La banca estaba demasiado sucia como para querer sentarse; la madera parecía un tanto podrida en las orillas y tornillos oxidados se deshacían de su recubrimiento de acero. A pesar de que el sol se veía en la lejanía, aún no se presentaba en todo su esplendor, se destacaba en el vaho y en la nariz de alguno de los que sí esperaban sentados.

A Damián se le congelaban las manos y la nariz, no importaba que ocultase la cara tras una bufanda, ni que tuviera las manos dentro de los bolsillos del cortaviento. Jugaba a tirar de los hilos de las costuras del bolsillo, sintiendo como si estos le cortasen la piel tal carne congelada, pero sin importar la presión, no le quedaba más que una línea roja sobre el dorso de los dedos. Alguna vez lo había hecho con la virutilla, el caso había sido diferente, y aquella línea actualmente era blanca.

La calle gris y amarilla lo tenía cansado, todo le parecía aburrido y deprimente desde el cambio de ciudad, incluso los mensajes en los grafitis resultaban absurdos y los dibujos deformes. Miró al resto de personas que esperaban; un anciano calvo de camisa verde. Una madre con una niña en brazos y el coche a un costado; iba a ser interesante ver cómo trataba de meterlo por la puerta de la micro, se vendría una discusión desagradable. Damián, aburrido, meneaba el pie desde el talón y luego lo dejaba caer pisando con fuerza. Repitió el movimiento hasta que la pierna le dolió. Se frotó las manos para quitarse el frío y las devolvió dentro de los bolsillos. No había comida entre sus dientes, pero se distrajo pasando la lengua entre ellos hasta rasparla. Llegó a pensar en entablar conversación con el anciano, al menos hasta que la micro apareciera y así tendría una excusa para liberarse de una conversación no deseada. Gruñó por lo bajo, carraspeando. Tal vez la micro no iba a llegar. *Para eso mejor hubiera empezado a caminar de hace rato,* pensó, *hubiera llegado igual de tarde.*

Al menos una media hora transcurrió antes de que el sonido del motor tan característico de las máquinas más grandes se presentase. Todos se subieron desesperados, chocando entre ellos mismos, como si el espacio no fuese suficiente. Damián fue el penúltimo en subir, y el único en saludar al chofer, aunque poco lo pescó, limitándose a asentir y aceptar las monedas que dejaba con indiferencia dentro de una cajita de madera y que luego organizaba en grupos de cinco entre las ranuras. *El mundo se pudre,* pensó Damián, *igual que la banca de la parada.* Tomó asiento en la antepenúltima fila, pegándose a la ventana y descorriendo la cortina quemada por el sol. El vidrio estaba rayado con pintura blanca, letras que de seguro no se entenderían ni desde afuera. *Imbécil,* pensó imaginándose a quien lo había hecho, otro que se pudre como la madera.

Los pasajeros se quejaban por lo bajo, hablando entre ellos o con los brazos cruzados y mirando al conductor como si pudiese escucharlos por encima del sonido de la carretera. Algunos, más inquietos, miraban el teléfono y luego adelante, de nuevo el teléfono y después la ventana. *Qué mierda,* pensó Damián. Los vidrios temblaban al igual que todo, sonaban sueltos, como si fuese cosa de suerte que no estuviesen rotos.

Para el deleite de Damián, nadie se sentó junto a él. Las personas seguían subiendo y bajando en cada parada, pero pasaban de largo al verle en su asiento, ocupando cualquier otro que estuviese disponible. Gozó de ese lujo de soledad solo unas paradas más, puesto que a la cuarta vez que se detuvieron, una chica subió y, sin detenerse a mirar a su alrededor, tomó el asiento disponible junto a él. En vano había sido que cruzara los dedos para que no se le acercara. La odió desde el primer momento, maldiciéndole con la mente y poniendo los ojos en blanco. *Genial,* pensó, *ahora tengo que pasarle por encima.* Después de unos minutos, y sintiéndose mareado por ver el suelo de la carretera pasar bajo la micro, miró a la chica por el rabillo del ojo. No le podía ver el rostro, ya que la cabellera negra le cubría ese lado de la cara, pero el asunto pasó a un segundo plano cuando se detuvo en sus manos. Mierda, gritó por dentro. Se le cerró la garganta y apretó sus dedos alrededor de la rodilla.

Desvió la mirada con brusquedad, aunque la devolvió enseguida para comprobar que lo que veía era real. Las manos de la joven tenían sangre seca. No era pintura, Damián había visto sangre suficientes veces como para poder hacer la diferencia y reconocerla. Estaba manchada desde los dedos hasta los codos, no le extrañaría que también parte de su ropa lo estuviese, como si hubiera abierto un animal, o a una persona.

Damián se vio en la fantasía de que ese día no bajaría de la micro. *Por flojo,* se dijo, *por acomoda´o y no caminar.* Ese día no iba a llegar a su paradero, y no precisamente porque la chica fuese a hacerle algo sino porque, al estar perdido entre sus fantasías de muerte, no se percató de que se había saltado el paradero. La micro dobló en la siguiente intersección y comenzó a subir por la calle del cerro, daría la vuelta hasta el otro extremo y recién llegado a la calle 34 bajaría. Iba a tener que caminar de todas formas, no era la primera vez que le pasaba, así que sabía que el chofer ni se molestaría en decirle dónde estaba el otro paradero para bajar.

Seguía mirando las manos ensangrentadas de la chica, resaltaban su palidez y la delgadez de sus dedos ante la sangre seca que los rodeaba; sus uñas eran largas y un tanto puntiagudas, quizás había rasguñado a alguien. Sí, había tenido un enfrentamiento con un exnovio o algún acosador (que podían llegar a ser casi lo mismo), que le obligó a actuar en su defensa. Eso era, no estaba sentado junto a una asesina, estaba sentado junto a alguien que había pasado por una experiencia extrema y traumática. No le diría nada, no quería incomodarla con preguntas sobre sus manos rojas, ni le iba a recordar aquellas imágenes de dolor y pánico. Estarían ambos tranquilos. Sí, todo iría con normalidad. Esperaría a que ella se bajara primero y luego volvería a su camino sin problemas. Fin de la discusión.

Nunca un recorrido se le había hecho tan eterno. Pasó alrededor de una hora antes de que la chica siquiera se moviese en su asiento. Terminaron siendo los únicos dos pasajeros. Damián se imaginaba a cada segundo diferentes escenarios en los cuales su integridad física se veía afectada, se imaginó saltando por la pequeña ventanilla que estaba sobre su cabeza. La primera reacción sería detenerse ante la imagen de la velocidad a la que pasaba el suelo, luego saltaría sin pensarlo y su cuerpo golpearía el concreto. Era probable que muchos de los huesos de sus piernas se fuesen a romper; raspaduras y quemaduras abundarían entre sus brazos y espalda. Si se colocaba en posición fetal y ponía los codos a la altura de las cejas, su cabeza no se vería tan golpeada, aunque la idea de acabar inválido le quitó toda motivación de salvar su vida. Se llegó a cuestionar qué valía más la pena, si vivir sufriendo por un accidente o dejarse morir bajo la mano de la "asesina de la micro".

Damián comprobó que la paciencia nunca había sido una de sus virtudes; con cada segundo, cada minuto y cada hora en el movimiento continuo de las ruedas, su mente se desesperaba por bajar y sentir suelo firme bajo sus pies. Peores escenarios se dibujaron en su imaginación mientras sentía como las manos le picaban por los nervios. Sus piernas temblaban por el miedo irracional a salir lesionado de una manera u otra. Sin importar todas las ideas que se le pasaban por la cabeza, no tenía certeza de salir ileso, ni siquiera en su propio mundo imaginario salía vivo.

Si saltaba de su asiento al que estaba atrás se vería liberado de la chica por unos segundos, solo que, si la intención de la asesina era ir tras él, nada le impediría levantarse de su propio asiento y seguirlo. Además que, saliera como saliera de su puesto, si el vehículo seguía en movimiento tampoco tendría manera de salir de su interior; estaba atrapado entre cuatro paredes de metal y vidrio.

De un momento a otro se puso rojo por la presión de la cabeza, sintió su estómago apretarse. Se levantó entonces con brusquedad de su asiento y le gritó al chofer:

—¡Por la re chucha! ¿Por qué no para?

No recibió respuesta y, cuando miró al asiento del conductor por el retrovisor, comprendió que recibir una sería tan imposible como bajarse de la micro.

Sobre el asiento de cuero verde estaba la silueta marcada de un cuerpo que no había abandonado el lugar por muchos años, pero no había conductor. El manubrio se movía solo de un lado a otro, girando en las curvas, se pasaba la palanca de cambios en cada lomo de toro.

Damián, sin saber qué más hacer, volvió a sentarse y miró por la ventana el suelo en movimiento. Ella no se había inmutado en lo más mínimo con sus gritos, aunque ahora se miraban mutuamente.

No había expresión en su rostro, sólo indiferencia.

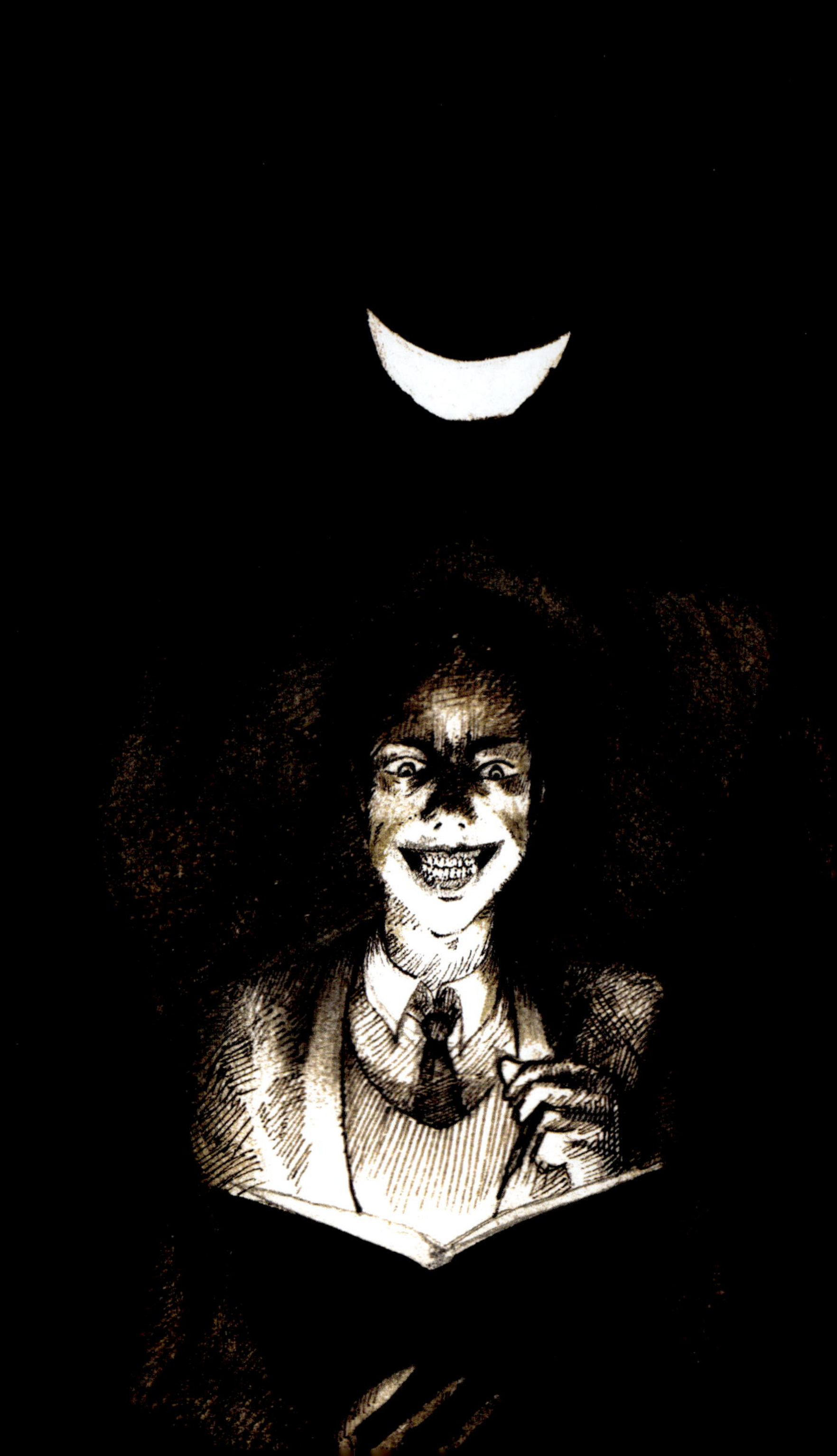

SONRIENTE

Sabía desde la primera vez que le vi que no podría quitármelo de encima. Solo que nunca imaginé en lo que acabaría después de aquellos meses incesantes de tortura.

Mi mente no supo conciliar el sueño la primera noche que pasé en aquel departamento, aunque al principio solo lo asocié a la anticipada mudanza, además del repentino cambio de hora al cual mi organismo tardaría en acostumbrarse. Sin embargo, no fue hasta unas noches más adelante que le tomé peso a la sensación de ser observado. Las ideas de miedo e incomodidad crecían entrada la noche, pues durante el día desaparecían al estar fuera del departamento y encontrarme distraído en mi trabajo. Mas, al llegar las once de la noche y al verme obligado a volver a mi hogar, el mero hecho de pararme frente a la puerta me causaba una gran incomodidad.

Pensé volver a cambiarme de sitio, aunque no tenía el dinero ni el tiempo para poder hacerlo. Además, el primer cambio había significado un gran problema para mi trabajo que había podido solucionar hace solo unos días, por lo cual, mudarse otra vez no estaba dentro de los planes.

Era aquel viento frío que corría por mi nuca descubierta al adentrarme al departamento lo que más me molestaba. Era como si siempre dejase olvidada la ventana abierta y por ello entrase el frío. Sin embargo, no era el caso. La molestia se mantuvo, tanto así que a las semanas después caí en la fantasía de que un ladrón se había enterado sobre mi mudanza prematura y se metía cada vez que yo salía para hacer de las suyas. Esos pensamientos fueron olvidados al verificar que todo seguía en su lugar y que no faltaba nada en ninguna de las habitaciones. Tampoco es que tuviese mucho que pudiese ser robado; un par de libros viejos y baratijas de segunda mano que compraba en los comercios de fin de semana eran los objetos que conformaban lo que yo consideraba un hogar.

Uno de los hechos que más me inquietó sucedió durante una madrugada de sábado. Podría decir que alrededor de las 4 a.m., no lo recuerdo con exactitud, aunque sí recuerdo bien que el silencio en el lugar era inquietante. No sentía siquiera un auto en las afueras del edificio, o el viento que asumía debía de correr por las calles, pues los árboles se movían sin cesar de un lado a otro. No había ruido de silencio, y aquello llamó en especial mi atención. Al estar acostumbrado a la soledad, sabía que debía oírse un silbido continuo que todos conocen como "el ruido del silencio", sonido que aquella noche no estaba. De ello me percaté una vez mi respiración se vio interrumpida por lo que parecían pasos, leves pasos en la cocina. Teniendo en cuenta la intensidad y volumen con el cual percibía aquel sonido, debía tratarse de alguien allí. De otra manera, no podría haber notado pasos tan ligeros.

La cocina estaba en la habitación contigua a mi recámara, así que decidí, algo torpe, no moverme ni hacer ruido alguno para no causar la exaltación de mi invitado no deseado. Quizás no era incierta mi sospecha de tener un ladrón en casa, solo que nunca creí que entraría estando yo presente. Con toda valentía, luego de que los pasos se detuvieron y de esperar una media hora, encendí la linterna de mi teléfono. Me asomé por la orilla entreabierta de la puerta lo más lento que pude, y con cierta sutileza la abrí. No mentiré, los pies y las piernas no me funcionaban como de costumbre y me encontraba nervioso, aunque tampoco supe qué más hacer bajo esa situación. Los pasos ya no se oían, por lo cual asumí que estaría quieto, o bien se podría encontrar escudriñando entre los muebles. Así que, teniendo todo el cuerpo fuera de la habitación, parado frente de la cocina y tapando la luz de la linterna con la mano derecha, me abalancé con brutalidad contra la puerta frente a mí y encendí las luces en un movimiento frenético. Rápidamente me dirigí al cajón en el cual sabía que tenía los cuchillos, para así poder defenderme y no darle tiempo de actuar. No obstante, al final toda exaltación y toda acción de héroe de mí mismo fue en vano. No porque aquel invasor se hubiese adelantado a la maniobra, sino porque no había nadie.

Una cocina vacía y silenciosa, igual que el resto del departamento. No había nadie en ninguna de las tres habitaciones, la puerta de entrada estaba con llave y con el candado por dentro, tal como la había dejado antes de disponerme a dormir. Las ventanas estaban cerradas con pestillo, y no había ni rastro de movimiento en la casa. Incluso los papeles tirados en el suelo de mi estudio estaban intactos y en el mismo orden en que los había tirado. Mi confusión se prolongó y no me explicaba cómo había sido que alguien lograse escapar sin dejar rastro. Después consideré que podrían haber sido los pasos de mi vecino, que perfectamente podría tener insomnio o bien solo se había levantado al baño. Aunque tampoco recuerdo haber escuchado la cadena. Bueno, puede que el exaltamiento de la situación no me haya permitido concentrarme en el sonido de una cadena. Con esas ideas en mente, pude volver a mi cama y conciliar el sueño por el resto de la noche, dando por olvidado el asunto a la mañana.

Las semanas pasaron sin problemas, y las sensaciones habían desaparecido. Además, ahora no me encontraba del todo solo en casa, ya que de vez en cuando, una chica con la cual había empezado a salir se quedaba a dormir al menos un día por medio. Por lo cual tampoco me despertaba en las noches. Todo transcurría con normalidad y con mayor tranquilidad de la que esperaba. Los días se veían consumidos por mi trabajo y las noches se resumían a leer largos tomos de literatura universal que seguía comprando los fines de semana al mismo anciano que se colocaba al final de la cola junto a su viejo tocadiscos y cajas llenas de libros usados cubiertos por humedad. Más de alguno estaba rayado con lápiz carboncillo. Me resultaba fascinante, de vez en cuando, encontrarme con comentarios y citas subrayadas entre páginas, pues de esa manera sentía que me relacionaba con el antiguo propietario del libro y tenía una pequeña conversación con él respecto a lo que nos llamaba más la atención sobre el autor. A veces coincidíamos en pensamientos y en frases favoritas, muchas veces las volvía a subrayar con un lápiz de color diferente y dejaba un comentario. Pensaba que algún día, al separarme de ese libro, podría darle la misma experiencia que yo viví a alguien más, además de que sería una persona afortunada al poder conversar con dos individuos en vez de solo uno. Pensamientos solitarios y un poco torpes. Aunque teniendo en cuenta que la mayoría de las personas aficionadas a la lectura suelen ser solitarias, sin ánimos de querer causar molestias a nadie, esto se trataba de una manera en la que nos hacíamos algo de compañía.

El suceso que aconteció después fue el que me hizo estar escribiendo lo que en estos momentos está leyendo. Hubo un libro del cual no me pude desprender por noches enteras, volviendo a él y a sus páginas más de una vez para recordar mejor lo que trataba. En esas horas me vi con el ánimo de releer un capítulo en específico, abordaba en principio la problemática que presentaba el arte para la actualidad, apelando a problemas de definición y apreciación en el contexto social que se vive tras la revolución industrial y la posterior comercialización en masa de las nuevas obras. El caso fue que cuando, una vez abierto el libro en la respectiva página, me disponía a leer mis propias anotaciones que había hecho días atrás, me percaté de una escritura que no era de mi autoría. Sabía con certeza reconocer mi letra y aquella no era mía. La primera opción que se me vino a la cabeza fue que se podía tratar de la escritura de su antiguo dueño, aunque ello fue descartado una vez vi que la palabra había sido escrita con mi bolígrafo. No decía más que "hola". Un saludo seco y solitario en la orilla superior de la hoja. Estaba por completo convencido de que aquella palabra no había estado allí antes. Mi segunda opción y la que consideré verídica, fue que mi pareja la había escrito. Mayor fue mi sorpresa al comentarle el suceso días después una noche que ella estaba en casa. Lo comenté como una broma y para quitarme la duda de la cabeza, solo que su respuesta fue una rotunda negativa. Le entregué el libro y allí mismo probó que no había sido ella, pues comparó la letra con las anotaciones de su libreta de mano. En efecto, tampoco era su caligrafía. Ella rio y aseguró que quizás solo no lo había notado. Yo lo atribuí al cansancio de los últimos días y asumí que podría haberlo pasado por alto. No obstante, la inquietud no abandonó mi mente, y ella lo notó en mi rostro antes de irse, pues me dijo en tono juguetón:

—Podrías responderle, a ver qué pasa. —y, riéndose entre dientes, junto con un beso rápido, me dejó solo en casa sumido en esa idea.

Me duché y seguí con el resto de la velada de la manera más pacífica posible, ignorando la propuesta y tratando de pensar en otra cosa. Pero, al ir al estudio una vez más y ver el libro sobre el escritorio, no pude evitar plantearme la idea de hacer caso a aquel comentario. Sería una pérdida de tiempo, y de seguro algo infantil de mi parte. Aunque, la verdad, el pensar así no evitó que recurriera a hacerlo de todas formas. Con letra clara y concisa, respondí un "¿Cómo estás?".

Habiendo escrito el mensaje, y entre risas por lo estúpido que se sintió, me fui a la cama a ver un poco de televisión hasta caer dormido. A la mañana siguiente, fui al estudio a revisar el libro sin importarme lo atrasado que ya me encontraba para llegar al trabajo. Mi corazón dejó de palpitar al menos por una milésima de segundo, de ello estoy muy seguro; el asombro y en especial el miedo no se hicieron ausentes al leer lo escrito debajo de mi mensaje: "Nada bien". Se leía con claridad y con el mismo bolígrafo azul que yo ocupaba. La frase no dejó mi cabeza en ningún momento, si no me esperaba respuesta alguna, mucho menos hubiese anticipado tal negativa. Dejé caer el libro al suelo. El próximo fin de semana se lo devolvería al viejo, no quería algo así en mi hogar por más tiempo. Solo me traía incomodidad y malos momentos. Por otra parte, la sensación de estar siendo observado había vuelto con intensidad.

Ya en la oficina, instalado en mi sitio habitual, encendí la computadora y abrí una página en blanco sobre la que pudiese escribir. Pasé allí dos horas, planificando todo el trabajo de la siguiente semana, sin pensar en nada más que en esa respuesta. Nadie había entrado ni salido de casa, yo no lo había escrito, y por más que quisiera responsabilizar a mi novia de estar jugándome una broma, no podía hacerlo, no tenía pruebas ni manera de relacionarla con los hechos. Había estado solo en casa, de ello estaba seguro, y nadie ni nada se había acercado al libro.

Tomé una pausa para ir por un café antes de seguir planificando, necesitaba relajarme unos minutos. Luego de pagar y con la taza en mano, me topé con un compañero en el pasillo. Comenzó a hablarme sobre algunos detalles que quería incluir en el siguiente proyecto, aunque yo poco y nada de atención le presté. Me distraje más de lo habitual, y mi mirada se fijó en los diferentes anuncios y post-it que había en el calendario sobre el diario mural. Una nota en especial se llevó toda mi atención que mi compañero proclamaba en vano; estaba escrita con la misma letra que la del mensaje en el libro. Mis ojos se abrieron de par en par y leyeron:

"Aún espero tu respuesta"

No podía ser coincidencia, no se podía tratar de una broma tan elaborada. Quizás era solo yo que me volvía cada vez más paranoico respecto a lo sucedido. Mas una cosa sí es cierta, y es que el resto del día no lo pasé en paz.

Viendo cómo decaía el sol a lo lejos del horizonte entre los edificios, sentado en el último asiento del autobús, me dirigía sin dilaciones a las próximas horas más tortuosas de mi vida, claro que no era consciente de ello antes de llegar a casa. No miento al decir y asegurar que el malestar aumentó con creces. Ya no solo el libro y el estudio me daban escalofríos, ahora todo lo hacía, el lugar en sí significaba para mí meterme en algo con lo cual no debía relacionarme. No obstante, si aquello había sido capaz de seguirme hasta el trabajo, no estaba seguro en ninguna parte. Debo estar paranoico, no ha de ser nada real, puede no ser más que obra del cansancio. Así trataba de calmarme, sin mucho éxito.

Entré al estudio, y el libro seguía en el suelo; no tenía vida propia, algo menos de lo que preocuparme. Que ello pasara por mis pensamientos me hizo sacar una carcajada nerviosa. A pesar de haber creído que estaba listo para actuar, no había siquiera sido capaz de tomar el libro. Me senté en el suelo, sin dirigirle mirada alguna al objeto en cuestión. Con lentitud, fui acercando mi mano a la tapa y abrí con no más de dos dedos las primeras páginas. Mi mano temblaba con horror, y antes de llegar a la página del mensaje dejé caer las hojas ya pasadas, viéndome obligado a empezar de nuevo. Sudor caía desde mi frente; odiaba sentirme tan nervioso, y aun no me explicaba el porqué de tanta alarma. Paranoia, cansancio, tal vez. No había dormido bien los últimos días, por lo que mi cabeza podía estar jugando conmigo. Pero todo se contradecía y resultaba real al ver las páginas. El mensaje saludando y las dos siguientes frases estaban intactas en la hoja, acompañadas de un nuevo mensaje en la orilla inferior izquierda de la página.

"Has tardado demasiado"

Al leer aquellas palabras, solté el libro de un sobresalto. Con un ataque de taquicardia me agarré a la pata de mi escritorio. El libro quedó abierto en el suelo, boca arriba y con el mensaje mirándome acusador. Sabía que me observaba, aquel que proclamaba mi atención estaba allí, frente a mí, con una pluma y un cuerpo invisible. Demandaba mi atención y exigía una respuesta.

—Sé que he tardado, espero sepas disculparme, me he encontrado ocupado todo el día —dije en voz alta tartamudeando.

Miré la página inmóvil por encima de mi nariz, sin querer acercarme. Mas no fue necesario que lo hiciera, pues parecía que mi invitado había recibido mi mensaje. El libro se movió de manera tan sutil que podría decir que fue imperceptible al principio, aunque mi ojo fijo en él sabía que se movía. De la nada las hojas comenzaron a pasar con una velocidad feroz. Al final de un capítulo, en el cual había casi una página completa en blanco, comenzó a dibujarse una pequeña línea negra. Era aquella escritura que tanto me atormentaba, se plasmaba sin lápiz sobre el papel, dejando una tinta más opaca que cualquiera de mis plumas.

T, E, H, E se iba escribiendo poco a poco. T.E.H.E, ¿qué significaba? No había sentido en aquellas letras, obviando que nada de lo que pasaba tenía sentido. Era un hombre común, de una zona normal, no había cometido crímenes, nunca había tratado mal a alguien, no tenía culpas ni remordimientos; no sabía qué había hecho para llevarme aquel castigo. Quizás era el viejo, sí, ese estúpido viejo y sus libros de segunda mano, el viejo y su negocio barato. Lo maldije, lo castigué en mi mente, me imaginaba con mis manos aplastándole el rostro la próxima vez que le viese. Sospecho que aquellas fantasías se habían adueñado de mi pensamiento por más tiempo del que creía, pues, al devolver la mirada a la hoja, ya no en blanco, pude terminar de leer el nuevo mensaje.

"Te he extrañado, pequeño Eddie"

¿Eddie? ¡Eddie! Nadie me ha llamado Eddie en años, ni siquiera mi madre. Le tenía prohibido decirme así a cualquiera que conociera, incluso a mis parejas. Eddie, diminutivos y sobrenombres innecesarios, molestos sobre todo, además de que ese en particular me traía los peores recuerdos del ayer que bien tardé años en sepultar. De la nada, la molestia y el desconcierto se convirtieron en rabia, y me vi gritándole al aire.

—¿Quién eres, insolente? ¿Acaso un ser omnipresente? ¿Cómo te atreves a atacarme en mi propio hogar? Preséntate y da la cara desgraciado, poco valiente que ni el rostro eres capaz de mostrar.

"Rostro tú y yo compartimos, todo yace en lo que defines como olvido".

Respondió aquel ser escribiendo. Las palabras daban vueltas en mi cabeza y creí haber leído mal, pues no podíamos tener la misma cara. De ser así, se trataría de un gemelo nunca conocido, de un hermano perdido y olvidado, quizás ya muerto y que había venido en búsqueda de su rostro complementario. Debía ser eso o… No, era ridículo pensar que… Pero, ¿y si era así? No, no podía ser…

Me levanté para verificar si había algo más escrito en el libro;

no era el caso. Quizás esperaba mi respuesta ante aquellas afirmaciones.

—Quiero que te muestres —le exigí, a lo cual no tardó en responder:

"Para verme, debes verte"

Estaba cansado de todo lo que acontecía, pero no había mucho que hacer contra algo o alguien a quien no podía ver ni enfrentar físicamente. Lo único que se me ocurrió fue dirigirme al gran espejo que estaba en el muro frente al escritorio. Avancé lento y lo más calmado que pude. No miré mi reflejo hasta el final, aunque no habría servido el verlo con anticipación. Una vez mi mirada se posó sobre aquel vidrio reflectante sin color ni imagen propia, mi alma se vio sumida en aún más agonía que en las horas previas. Al igual que tal hombre sin alma que ha sido abandonado ante la muerte y la vuelta a la vida solo le ha dejado la carne. Al igual que todos los seres malignos que vendieron su libertad al diablo y que se adueñan del líquido vital de la vida humana. En definitiva, al igual que un pálido y delgado vampiro, carecía yo de reflejo. Mi ropa no era más que tela flotante, sostenida por un cuerpo ausente. Buscaba mi rostro con desesperación y sin éxito alguno; donde debía de estar mi cabeza solo había vacío. Fue mi error al estar buscando donde debería de estar mi cuerpo lo que me impidió percatarme de aquel que se reflejaba a mi espalda.

Sentado como indio, y con un bolígrafo en su mano izquierda, tenía el libro en alto y sonreía. Una sonrisa enfermiza, macabra, de ojos saltones y cejas erguidas. Di un brinco por el susto y me volteé con rapidez. Donde pensé verle, no encontré nada más que un libro flotante. Tal parecía que solo podía verlo por medio del reflejo. Volví la mirada y allí estaba aún, sonriendo, pero con el rostro distorsionado por la pobre iluminación del lugar.

Caminé a mi escritorio rodeando el libro flotante, sin quitar la mirada del reflejo. Tomé la lámpara y caminé de vuelta al espejo. Apuntando la luz a su rostro, sus rasgos y mueca se hicieron más nítidos. En ese instante nació en mí un sentimiento hasta entonces desconocido.

—¡Insolente, desgraciado! —grité enfurecido, sin causar nada más que risas a mi visitante—. No te bastó con adueñarte de mi hogar. No te ves satisfecho con atormentarme y observarme día y noche. Además de llamarme como nadie tiene permitido. No, tú necesitabas más, no solo querías mi espacio, sino también mi cuerpo.

Sí, pues como ya habrán imaginado, aquel ser en el reflejo era yo mismo. Mi propio rostro se reía de mí y de mi enojo. Golpeé con fuerza el espejo, y los pedazos saltaron por toda la habitación. Incluso con la imagen trizada y el dolor palpitante de la sangre corriendo cálida por mi mano, no desperté de lo que mi mente insistía en pensar como pesadilla. Mi gemelo reflejado, en lo que quedaba del gran espejo, se levantó sin despegar su mirada de la mía que, a pesar de no poder verla, sabía que estaba cubierta de miedo y lágrimas. Siguió avanzando hasta encontrarse frente a frente conmigo. Llegó un punto en el que era yo mismo quien se veía reflejado. Seguía mis movimientos, sin importar qué tan rápido los hiciera ni con cuánta anticipación los planease. Lo único que me indicaba que no era yo quien se reflejaba allí, era esa acusadora mirada. Yo podía voltearme, dejar de mirar el reflejo, mas sabía que él no lo hacía. Le veía por el rabillo del ojo cómo me miraba con detenimiento.

Aún sangraba, por lo que fuí al baño y con agua quité los restos de vidrio de la herida. Al secarme, mi mirada se paralizó al ver el reflejo de mi mano nuevamente. Fue como si volviese a ser dueño de mi reflejo, o al menos eso pensé mientras subía la mirada entre temblores hasta mi rostro. Una vez más, aquellos ojos asesinos que me culpaban y no dejaban de observarme. Quería algo de mí, lo sabía, estaba seguro. Él buscaba algo que yo no podía darle, y no me dejaría tranquilo hasta que se lo diese. No sabía lo que era, no tenía idea sobre qué pudiese querer. No obstante, no dejaba de mirarme, siempre acusador. Era como si viese en lo más profundo de mi alma y sacase al aire aquella rabia y locura que envolvió mi mente cuando pensaba en golpear al viejo. Apelaba a ese ser intranquilo y demencial que golpeó el vidrio en un ataque de rabia. Me seguía, sin importar a dónde iba.

Nunca me había percatado de la cantidad de espejos que había en aquel lugar. Los destruí todos y cada uno. El ruido de los pedazos al caer al suelo, junto con el gran estruendo que hacía cada uno al estallar, se debieron de oír en todo el edificio, pues, una media hora después, en la calle apareció una patrulla entrando al recinto. Venían por respuestas al igual que el hombre del reflejo, querrían hablar conmigo para tener una explicación sobre el ruido, mas nada podría yo decir sin que me llevaran por loco. Fingiría no haber escuchado nada, escondería los pedazos debajo de las alfombras si era necesario, no les podía permitir hacer más preguntas de las necesarias. Me apresuré a ordenar y, metiendo los últimos restos bajo la cama, respiré profundo y calmado. Ya no había reflejos, no había otro yo y no había de qué preocuparse ante preguntas sobre ruidos molestos. Todo estaba en paz.

Fui a la sala y me senté tranquilo frente al televisor. Vería algo y fingiría haber estado allí todo el tiempo. Sin embargo, mis planes se vieron interrumpidos en cuanto noté el reflejo oscuro y opaco en la pantalla apagada. Allí estaba, mirándome, como todo este tiempo. Allí estaba ese horrible reflejo y su sonrisa, me miraba y se reía, se reía de mí, se reía de mi condición, se reía de mis intentos por cubrirlo todo. Descontrolados gritos salieron de mi garganta, constantes y con más fuerza de la que mis oídos soportaban. No sé con precisión lo que grité o si solo se trató de gritos sin palabras. Creo que en algún momento debí de pedir ayuda, pues un policía rompió mi puerta de un golpe y entró a atenderme. Yo seguí gritando mientras miraba aquel reflejo riéndose de mí. Lo que sucedió después lo veo muy difuso, casi como un sueño, uno de los que olvidas al despertar.

Ahora estoy tranquilo, pues en estas cuatro paredes blancas no hay espejos ni nada que me refleje. Yo gané, aquel sujeto no me podrá atormentar más.

En fin, esta tarde veré a un nuevo doctor. Me pareció agradable cuando me lo mostraron en fotografías, de hecho, su rostro me era bastante familiar. Lo único que no soporto es pensar que me atenderá con esa horrible sonrisa en la cara.

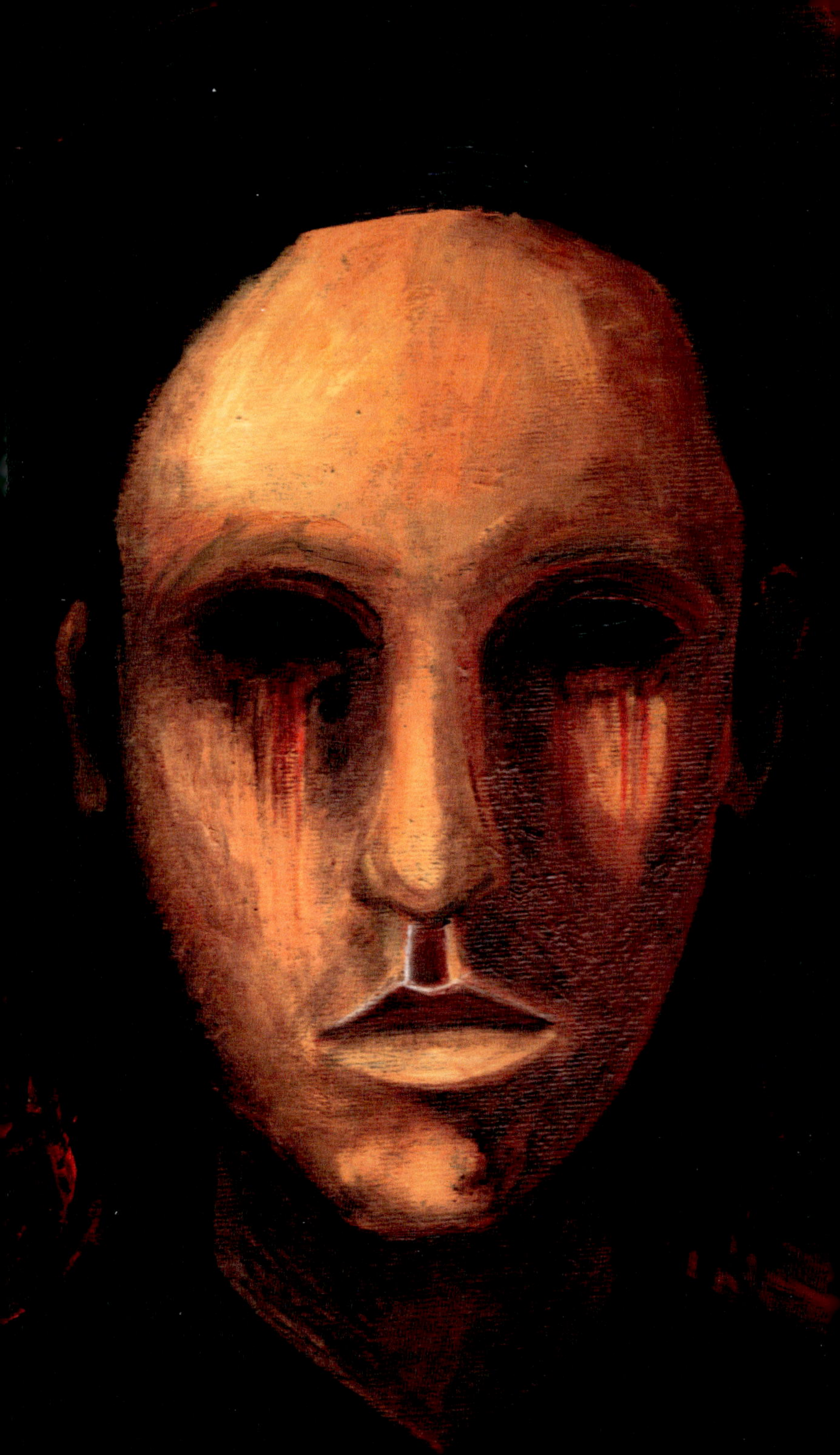

AGRADECIMIENTOS

Desde el principio sabía que el trabajo para crear esta antología sería demasiado y el tiempo escaso, ya que la idea nació apenas una semana antes de que comenzara el mes de octubre, y mi mente pretenciosa buscaba que su publicación fuese durante el mismo 31. Teniendo varios relatos creados a lo largo de los años, me hice de un compilado de ellos y se los presenté a mi editora para que me comentase si le gustaba la idea de sacar una antología, mucho más pensada para mi público y amigos que consumen más terror que fantasía. Ella aceptó el reto y nos pusimos a trabajar en ello, incluso escribí "Silencio" junto con otros tres relatos nuevos durante esas semanas que finalmente no entraron. Otros tantos descartados por ser similares o por no ir acorde al tono con la antología, seguirán reposando hasta que llegue su momento o bien directamente sean reescritos.

Agradezco de manera desmedida el apoyo y el trabajo constante de I. quien sin duda se desveló pensando que estas historias valían la pena, y que con su característica tranquilidad se esmeró en apuntar en rojo todo lo que había que quitar.

Agradezco a los autores que a lo largo de mi vida fueron inspirando estas obras de una manera u otra, y a los más contemporáneos con los que puedo compartir ideas de vez en cuando.

Y, sobre todo, os agradezco a ti, quien lee estas páginas y otorga su tiempo a las mismas. Espero os haya, como mínimo, entretenido cada relato, y que tengas durante los próximos días nuevas ideas y felices pesadillas.

Made in the USA
Columbia, SC
28 December 2022